U0913849

# 故事的结局早已写在开头

蒋方舟 著

九州出版社
JIUZHOUPRESS

图书在版编目（CIP）数据

故事的结局早已写在开头 / 蒋方舟著. — 北京 : 九州出版社, 2014.12
ISBN 978-7-5108-3415-8

Ⅰ. ①故… Ⅱ. ①蒋… Ⅲ. ①小小说—小说集—中国—当代 Ⅳ. ①I247.8

中国版本图书馆CIP数据核字(2014)第303869号

故事的结局早已写在开头

| | |
|---|---|
| 作　　者 | 蒋方舟 著 |
| 出版发行 | 九州出版社 |
| 出 版 人 | 黄宪华 |
| 地　　址 | 北京市西城区阜外大街甲35号（100037） |
| 发行电话 | （010）68992190/3/5/6 |
| 网　　址 | www.jiuzhoupress.com |
| 电子邮箱 | jiuzhou@jiuzhoupress.com |
| 印　　刷 | 北京鹏润伟业印刷有限公司 |
| 开　　本 | 880毫米×1230毫米　32开 |
| 印　　张 | 8 |
| 字　　数 | 177千字 |
| 版　　次 | 2015年6月第1版 |
| 印　　次 | 2015年6月第1次印刷 |
| 书　　号 | ISBN 978-7-5108-3415-8 |
| 定　　价 | 32.00元 |


★版权所有　侵权必究★

# 目录


台北　自画像 /001

拉萨　绿度母 / 027

三亚　手铐 / 053

青岛　爸爸 / 085

伊瓜苏　海蓝宝 / 113

武威　腿 / 147

维也纳　衣柜 /185

轻井泽　温泉 /211

美国　香气 / 237

# 台北，自画像

别那么快就走！
时间还没到！

## 一

到了台北就觉得一股热浪袭来。坐在出租车里，窗外的车与建筑都像是泡在水里一样动荡而恍惚。

乔意发来短信问："顺利否？"

"太热了。"姜夕在后座上热得六神无主，下意识地说出这三个字。

"妹妹是第一次来台北哦？"司机闻言打开了冷气，回过半个侧脸，笑着问道。

嘴唇噘出亲吻的姿态，再缓缓打开双唇，音节从中倾泻而出，发出不同于通常听到的"妹妹"的声音，像是在夕阳西下时招呼自己小孩儿回家吃饭。

姜夕没想到在三十八岁的高龄还能听到这样宠溺的称呼，脸悄然红了一下，说："以前来过。"

"和男朋友哦？"这个司机实在过于热情和多嘴，然而他朴实的脸和语调中都有种久违的人情味，让她恼怒不起来。

姜夕不知道该如何回答，想了半天才稳妥地回答："不是。"

那人并不是乔意。

和乔意在一起的两年，一直瞒着母亲。自从父亲死后，母亲失去了警惕了一辈子的对象，每天只一心一意地琢磨生活中那些少得可怜的新闻，用无事生非的烦恼来折磨自己。

直到订婚快一个月了，才告诉母亲有乔意这个人。母亲催着问未婚夫的情况，姜夕只是模糊地说“年纪比我大”，其他再不肯说。母亲笑道：“那好，比较踏实。”

过了几周，母亲才迟钝地意识到她妄图蒙混过关，又追问起来，姜夕才说：“年纪比我大得挺多。”母亲在电话那头有些发愣，悠长地“哦”了一声，似乎在掂量着“挺多”的确切含义，也默然接受了自己脑海中的数字。

过了一周，姜夕开车带母亲去医院检查身体。一回头，看到母亲在副驾驶上笨拙地戳着她的手机屏幕，姜夕像教训孩子一样呵斥道：“你在干什么？”

母亲委屈地说：“我想看看你说的那个乔意到底长什么样？”

姜夕负气地指着车窗前经过的一个推着板车的老头儿，说：“和他差不多。”母亲愣在那里，在姜夕踩下油门儿加速的瞬间流下了眼泪，母亲的那滴眼泪便在脸上爆裂开。

大概是心理预期太低，等真正见到乔意的时候，母亲竟然有些惊喜。姜夕如今剪短了头发，乍一看和乔意像是兄弟。两人都是身高腿长，窄窄的脸和细长的眼睛。区别在于乔意的脸型有种剑雕斧凿的锐利，而姜夕脸型柔圆，像用画笔漫不经心地一勾。

乔意是作家，姜夕是画家。

乔意有过婚史，对见丈母娘的礼数与规则非常熟悉，带了虫草和翡翠吊坠，态度亲热却又不卑不亢，诚恳得有所保留。然而，母亲在饭桌上接受乔意敬酒的刹那，无法抑制地喜极而泣，这让姜夕和乔意非常尴尬。

乔意吃完饭，又和母亲喝了几杯茶才告辞。母亲在厨房洗碗，非常愉悦地高声问客厅里的姜夕："乔老师明天还过不过来吃饭？"

姜夕坐在沙发上看电视，随口说："不来了。"

母亲说："你让他过来吃嘛，过来吃。你要对他热情一点儿。"

说了很多遍，姜夕终于不耐烦地关掉电视，道："各人有各人的生活。"

母亲从厨房里出来，满手都是泡泡，责备地说："人家乔老师条件这么优秀，你这样怎么留住人家？"

姜夕听了暴怒起来："我不需要留住谁。你不要像个老鸨一样好不好？"

她脑海中出现的是旧时的高级妓院，一老一少两个女人发髻梳得光溜溜的，去绣那永远绣不完的手帕，眼睛却不自觉地往那门槛看，两人低声猜测着男人什么时候会来。

母亲被骂得落下泪，用手腕去擦，转身回厨房继续洗碗，提高音量说："女人很惨的，人生就那么几年。"说完把水声开得很大，拒绝再交流。

姜夕把电视打开，想让自己集中精力去看那部讲亚马孙河的纪录片，眼圈却不受控制地慢慢红了。无论她取得怎样的成绩，在母亲心中，她将永远是那个乖僻且注定凄凉的女人。

怎么说都说不通，一下子又回到了童年。

姜夕出生的城市有座铜矿，全城人的吃穿用住、生老病死就全都围绕着这座矿。慢慢地，生活就变成了一座矿，黑暗、单调、深不见底。破败的炼铜厂，厂周围的石头光秃秃的，没有一棵树。破败的浴室，浴室里的老年人和中年人身上光秃秃的，没有一根毛。

所有在这座城市出生的孩子都慢慢融进了环境中，随着岁月流逝，逐渐变成二维平面，镶嵌在客厅的墙壁上。

成长，对于姜夕来说，就是一场避免成为墙壁涂料的战争。

姜夕小学升初中那年的暑假，爱上了绘画，并且成为方圆几公里唯一有爱好的孩子。她每天从图书馆借来厚厚的画册。母亲在灶台忙活，姜夕就坐在塑料小凳子上，将画册平摊在膝盖上，童声童气地向母亲介绍一幅幅名画，还要小心画册不要溅上飞出的油滴。母亲连背影都看得出敷衍来：“喏，喏，你让开点儿。”

没有人能看出她想用一点点色彩斑斓的碎片，拼凑出一个理想家庭的努力。

一家人吃鱼，用筷子把鱼戳得枪林弹雨，贪婪地把筷子头放在嘴里一嘬，沾满唾液，继续戳下去，从老到小，神情与动作一模一样，仿佛诅咒。

姜夕从口袋里掏出一小块纸巾，平摊在面前的桌子上放剔出的鱼骨。

母亲看到了，用筷子指着姜夕，招呼全家人来看这个奇观：“我们家养出个大小姐。”桌上所有人都大笑起来，母亲笑得最大声。

他们也没有恶意，姜夕对自己这样说道，可眼圈却不受控制地热了，内心兀自结了一层冰。

姜夕曾同时生活在两种人生中。

一种是她为自己构建出的绘画世界，用笔触模拟出的日光变幻、丰腴洁白的女子被风吹起的金黄发丝、艺术家们坎坷而荣耀的人生，“卡——拉——瓦——乔——”，她喜欢重复这几个音节，仿佛是一个打开陌生世界大门的咒语。

另一种人生，是真实的，没有奇迹的。她需要讨好一切不愿讨好的人。

两种人生的唯一接触点，是她对于未来生活的幻想，黑暗退尽，冰雪消融，家人起立为她鼓掌。

可现实是，无论她在本市本省的绘画比赛中得多少奖杯，她的家人都兢兢业业地保持着视若无睹的姿态。他们害怕自己的鼓励会让她把“画画”这个业余时间搞的东西当作终生的事业。

直到姜夕考上了美术学院，离开家。两个世界交汇的可能性终于彻底消失了。

## 二

酒店房间很大，正对着台北最美的天际线，云与青黛色的山之间是一道黄昏的余晖，高耸的老旧建筑像是山谷雾气中的海市蜃楼。

姜夕没有花太多时间看风景。她迅速冲了个澡，把带来的衣服挂在衣橱里。一溜从黑到白之间渐变的色谱：黑、深灰、珍珠灰、象牙白、奶白、甜白、白。乔意很不满她的穿衣风格，他比她大十八岁，刚好大出一个青春来，却在姜夕身上享受不到年龄差距给感官带来的新奇和刺激，简直是上当受骗。

套了一件没有轮廓的黑裙子，姜夕赶紧下楼。比约定的时间晚了五分钟，一到大堂就看到一个红色头发的女孩儿微笑着迎上来。

红发女孩儿是画廊的工作人员，来接姜夕去布展。女孩儿很娇小，穿球鞋，比姜夕矮一个头，穿着一件松垮的白色背心和破洞牛仔裤。她的动作和表情虽然稚气夸张，却有掩盖不住的精明锋芒，她连连惊呼姜夕本人比照片更美。

两人握手，姜夕看着女孩儿指甲上印着小恶魔的图案，十分有趣，女孩儿则打量着姜夕拳头中指上的六爪镶嵌钻戒。姜夕不自然地转动了一下戒指，把大得显眼的钻石藏到了手掌内。

“乔先生没有一起过来？”女孩儿帮姜夕拉开酒店的大门，随口问道。

姜夕和乔意订婚的事虽不是秘密，可也没多少人知道。姜夕有种被人窥探和研究的不适，把门拉住，冷冷地说："我自己来。"

女孩儿立刻感觉到了，笑容僵在那里。

姜夕意识到自己近来对年轻人有越来越多的不满和理直气壮的苛责，尤其是对漂亮聪明又有野心的女孩儿，这恐怕是衰老之后才会启动的自我防御机制。她软了口气，笑着问道："刚毕业吗？"

女孩儿说自己还没毕业，现在是实习期。

姜夕笑道："我第一份工作是在杂志社，没钱租房，住在办公室的储物间里，门都锁不上。我还记得那时候有些男同事，四十多岁，每天早早地到办公室，打开我房间的门，大口吸一口气，说：'越来越有女人味了。'"

没有比同情更能迅速拉近距离的情感，红发女孩儿听得又惊又气："那你没告他们性骚扰？"

姜夕笑了，说："我们那时候怎么敢对长辈拍桌子？"

国营的杂志社大部分的员工都是工作十年以上的老雇员，因此杂志社维持着一种如今稀缺的大家庭感：温暖但是藏污纳垢，每个人都坦然地暴露出自己懒惰、丑陋的一面。家丑不可外扬，面对龃龉，大家默契地捂住彼此的眼睛。

红发女孩儿突然想起什么，从大包里找出一个资料夹，翻开是一张影印的老照片，那是杂志社创刊十周年时的员工合影，大家坐在台阶上，笑容灿烂。

"是这时候吗？"女孩儿问。

“这你都能找出来！”姜夕很惊讶，看到照片里的自己众星拱月般坐在第一排正中间，穿绿色的一字领背心和高腰牛仔裤，无可挑剔的鹅蛋脸，歪着头，不笑，可是眼神有媚态。不分对象的妩媚就是谄媚。

“那时候的我比较软弱。”姜夕不好意思地轻声说。

在去画廊的车上，红发女孩儿坐在前座，说自己第一次看到姜夕的画是在大陆的一间画廊，当时非常惊艳。“真的很巧欸，没想到我参与的第一个项目就是你的画展。”女孩儿很兴奋。

听他人滔滔不绝地谈论自己，姜夕有点儿恍惚。她想到了自己几年前在美国，遇见一个德高望重、白发苍苍的科学家和他年轻的女秘书，科学家已经老得记忆力衰退，在涉及具体年份的时候总是会卡住，女秘书俯在他的耳边提醒：“1971年的时候，您刚到密歇根大学……”仿佛他已入土，而她是他的一座博物馆。

姜夕身上一阵恶寒。

她开始后悔，觉得答应做个人回顾展——也是她的第一次个人回顾展，是个错误。

她已经到了中年。按理说，已经到了收割的季节——对于智慧、财富、声名，她应该感到前所未有地踏实和实在。可如今，在人生的路上走了一半，她回首望，却只看到断壁残垣，如见鬼一样心惊肉跳，前所未有地轻和空虚，空调吹出的凉风如海潮，随时会把她卷走。

她感到自己正在不断下沉，陷入座椅里，陷入地板里，陷入柏油马路中，陷到最深处。

## 三

确定了第一幅画挂的位置，把画在浅蓝色的墙壁上固定住，红发女孩儿夸张地“哇”了一声，所有人都笑了。

画里是个男人的裸体。年轻男人大步行走在水边，侧面示人，微微低着头，灰白的身体，灰白色的头发，平坦的小腹被一只白鹤的脖颈缠住。男人看起来清癯而柔软。

画里的男人是她第一个正式的男友。

姜夕是那种从小就好看的女孩儿，因为画画，气质独特，追求的人也多。因此，她少女时期就给自己立下原则：不和男孩儿单独看电影，不和男孩儿单独吃饭。立下了一大堆规矩，上了大学才发现自己在两性关系上远远落后于同龄人，慌慌张张地开始谈恋爱。

开始和男孩儿们约会之后，姜夕才发现自己无法爱人。电影里、书本里、同宿舍的女生身上出现的狂热与惆怅，她自始至终都无法感受到。她从来没有坐在电话旁等待过，也从来没有为一句模糊的话而辗转失眠，哪怕心仪的男孩儿移情别恋，她的难过也不会超过一天。所有人都以过来人的口气告诉她：那是因为你不够爱他们。

这话只有一半是对的。

她非常爱他们的身体。坐在自行车后座上，看着骑车男生微驼的背脊曲线，这带来的幸福感远胜于亲吻和拥抱。她对他们的爱是纯视觉的：夹着香烟的弯曲手指，跑动时绷紧的小腿线条，回头时肩膀倾斜的线条。这些是她想占有的部分，这些比爱更永恒。

当他们的身体无法再提供给她视觉上的刺激，她对他们的迷恋也就随之结束。

她第一次见到唐鹏的时候，离着很远，就听到了他身体的声音。

那时候她已经研究生毕业，在杂志社工作了两年。唐鹏是新来的摄影师，他第一天上班就迟到，来的时候大家在会议室开会。隔着玻璃，姜夕看到他站在办公桌前，穿一件洗白的牛仔裤，灰白色的T恤只有一半塞在裤子里。他两手插在裤袋里，微耸肩，一副生无可恋的样子。

他的身体线条发出类似猫叫的绵长慵懒的呼喊，为之可以冲动落泪。

两人作为办公室里仅有的单身青年，众望所归地谈起了恋爱。姜夕松了一口气：有了正式的男友，迅速从杂志社的储物间里搬了出去，终于不必每天提心吊胆地保全自己了。

唐鹏和姜夕在离杂志社不远的地方租了一小间房子。杂志社在公园里，每天晚上下班回家那一段路就成了约会时刻，春夏的空气是湿漉漉的青草味，秋冬的空气则有一股枯枝败叶燃烧的味道。两人牵着手从桥上走过，穿过苍白的黑夜，听到桥下湍急的流水声。唐鹏紧紧地用胳膊搂着姜夕，她环抱着他的腰，感到他的脊梁绷得紧紧的，原来爱是这样结结实实的。

住在一起之后，唐鹏无意中在旧杂志里看到姜夕大学以前得奖的画，诧异地问道：“你现在怎么不画了？”

姜夕主修美术史，上了大学之后再也没有画过画。她笑道：“可能是小时候得奖太多，恶心了。”

“你不应该放弃！”唐鹏鼓励她，眼里泛着孩童一样的光芒。

姜夕被他眼睛里的光芒打动。唐鹏有种罕见的天真，他是不曾被败坏过的好孩子，对世界还有一尘不染的想象，甚至听到“穷人”两个字，眼里都会泛起异样的水光，仿佛面前立刻出现了一个亟待拯救的对象。就连拍照，也总爱拍乞丐和打工者，连杂志社的领导都忍不住抱怨：“人文关怀，心里关怀一下就行了，不要每次都把照片弄得脏兮兮的。”

姜夕笑道：“那我画你？”

唐鹏立刻开始解扣子，把衬衫脱了，又脱了牛仔裤，牛仔裤的皮带扣重重地砸在地板上。他坦然地露出少年一样细长的身体，夕阳在他身上投射出悲剧性的阴影。

原来他知道自己好看啊。姜夕有些不明所以的失望，用画笔在他的小腹画上一只白鹤。

凝视着画里年轻男子低垂的眼睛，姜夕想：一个人在画家的画中永远不会老去，画家自己却老了。

她忽然有些犹豫：“要不然，这幅画收起来，就不要展出了吧？”

红发女孩儿夸张地整个扑在画上做出护卫的姿势，说：“不要这样子对他啦！”她的脸刚好贴在画中男人的小腹上，大家又笑了起来。

姜夕也笑了，说：“你不觉得画得并不好？”

红发女孩儿收起故作幼稚的神情，认真地说："虽然能看出没有深思熟虑过，但是比之后的画更直接、更愉悦。"她又凑近了画布，指着那人大腿内侧的一处阴影说，"因为不太专业，反而让人很心动。让人想抱抱画里的男孩儿。"

姜夕抱臂笑道："那时候对青春还不珍惜，不像现在。那时候画了好几幅类似的画。画身体的，最后只留了这一幅，其他的全扔了。"

她把下一幅画固定在墙上。退后一步仔细看，这幅画是她隔了两年之后的作品，已经是她初成名时的形状，壮阔细腻的工笔水墨，非常沉静。只有瞬间，没有故事。只有观点，没有情绪。

两幅迥然不同的画摆在一起，中间只有不到一米的距离，却像隔着万水千山。

红发女孩儿笑道："来看的人肯定会问，这个画家中间两年发生了什么。"

不是发生了什么，而是遇见了谁。

## 四

遇见林满是在一个饭局上。

曾经以为多么荡气回肠的故事，开始原来得这样庸俗。曾经以为"永世不能忘"的重要时刻，如今也忘了到底发生在几月。

当然，第一次见到林满的日子，如果有心仔细追，是能够查到的。那天是一个著名的国画家巡展归来的庆功宴。

姜夕被杂志社的主编打电话叫去赴宴，原以为是采访，去了才知道自己是属于宴席喝得不尽兴，被叫来的几个美女之一，心里非常不痛快。那是个大得空旷的包间，天花板极高，只有一张桌子四六不沾地放在正中，像是大海上的漂浮物。

满堂都是国画家的声音，轰轰隆隆压着头顶，仿佛席上坐了好几个他。他大谈自己的艺术理念，过了一会儿，声音变得又低又细，说起在国外撞破的一个明星的绯闻，更像是有好几个分身。

“你去过我的百石堂没有？”姜夕忽然发现声音是朝着自己的，慌忙摇头。

国画家笑道：“那你明天一定要去，住一周，到时候你就知道沈老的万青园算个屁！”说着，就让姜夕往他身边坐。

姜夕近身甜笑着敬了他三杯酒，才被放回到座位上。

国画家又让助手取来宣纸和墨，把墨在纸上泼洒了一大片，然后用指头开始作画。半晌，斜睨众人说：“还不鼓掌？”众人才知画完，恍然大悟地鼓掌叫好。国画家得意地说道：“我每天早上起床，就先用半个小时画他个一百万的。”又是一片赞喝声。

姜夕忍不住哂笑起来，忽然听到身旁传来一个声音：“我们这一代人很可笑吧？”

她喝得耳红头涨，觉得声音很远，抬眼一看，那人原来靠得很近。

他又高又瘦，圆脸很讨喜，看起来不过三十出头——比实际年纪小得多，可当姜夕仔细地与他目光相对时，却发现他的眼神冷静而不留情，如苍鹰俯冲。

她被他的眼神震慑住，过了几秒钟才把他的五官在脑海里组合出来。认出他叫作林满，是艺术市场正当红的画家。

“没办法，年轻的时候吃苦太多，现在就成了这样。”林满用下巴朝国画家的方向努了努。

宴席散了往外走，姜夕向林满约了一个采访，林满郑重地留了姜夕的联系方式，本以为是客套话，结果过了几天，林满当真往杂志社打了电话，点名要找姜夕。

林满在艺术家里也算是有个性，成名后极少上任何形式的媒体，极少接受采访，稍微不满意的问题也冰冷地冲撞回去。同事忍不住酸酸地祝贺姜夕：“真是初生牛犊不怕虎。”

“地点就你的方便。”林满说。姜夕想到同事们脸上尽是藏不住的波动，有些得意和飘飘然。

采访约在姜夕家附近的一家餐厅，林满话很少，寡淡地聊了十几分钟，他疲惫地说：“我不想说自己了，聊聊你吧。”

姜夕硬着头皮简略地讲了讲自己的经历。林满听到她也画画，忽然来了精神，要求看看她的画。姜夕无奈，带他到自己的屋子。

林满进屋，看到好几幅大画摆在地上，太饱满了，仿佛一不留神就会流溢出来，轻轻地“嚯”了一声。

他仔细看完，问姜夕：“你的野心是什么？”

姜夕想了想，老实地回答：“我没有野心。”

林满问：“那你的热情是什么？”

姜夕说："我没有热情。"

林满不泄气，问道："那你为什么要画画？"

姜夕认真想了想，说："小时候用画画把自己和家庭隔离开，现在是一个更大的盾牌，抵抗生活。"

林满不说话，许久才继续道："创作有两种：一种是赤子之心，掏心掏肺，恨不得拿着尖刀把自己的五脏六腑都剜出来给你看；另一种是每次只截取一点儿，有效、准确，加了很多其他的料，好吃、好看。你是第一种——大部分人都是第一种，但是要成第二种，才能成气候。"

姜夕不语，林满又用那苍鹰俯冲一样的眼神看着她，说："你要成气候。"

林满走后，姜夕坐在地上看她的画，从下午看到傍晚，然后起身把它们全撕了，剩下最初画的一张唐鹏没有毁掉，或许是出于某种内疚。

那天之后，画画从闲时提笔的爱好成为她每天的事业，没有时间画，只有晚上，在唐鹏入睡的时候。她从太阳西下画到日出东方，在天光和白炽灯灯光的交织下调色，在日出时薄薄的一层霞光下看成品，忍不住激动：自己也知道画得好。

唐鹏却对她夜里作画的习惯越来越不耐烦，房间很小，他在床上面朝着墙，烦躁地说："把灯关了好不好？"

姜夕说："那我就看不见了。"

唐鹏说："你其他时间画好不好？"

姜夕说："你告诉我，我还有什么时候能画？"

唐鹏不说话，可是连背影都能看出压抑的愤怒。姜夕只好关了灯，躺上床，唐鹏如翻大浪一样把所有的被子抢过来蒙住头，表达自己的不满。姜夕就这样在空气里手凉脚凉地躺了一晚上，心也凉了一截。她明白过来，唐鹏当初鼓励她画画，是认为那是一个省钱而有情趣的陶冶情操的爱好——和热爱烹饪、十字绣没有本质的区别，可当她真的把画画当作事业，甚至牺牲唐鹏的时间，那就是一件大错特错的事情。

这样的老情绪、老戏码总是上演，姜夕总是忍让，她几次想质问唐鹏：“你到底想让我怎么样？”可是害怕他真的说出“那你就不要画”的答案。

直到有一天，她回家时发现浴帘被换掉了。原来的浴帘是她自己在防水布上画的工笔仕女，微醺着粉色的脸，水珠溅上去像滴下的汗。现在成了一块蓝色的防水布，上面印着米老鼠和唐老鸭。

她离开厕所，离开家门，离开小区，离开了门口的马路。她再也没有回过那个家。

## 五

“我当初在大陆的画廊里，就是被这幅画惊艳到的。”红发女孩儿指着刚刚挂上去的一幅画说。

画上是一个人体模型的雕塑，从凸起的光滑乳房看出是个女人，可是到脖子那儿就没有了。它看起来被摔碎成无数块，然后又重新拼在一起。工笔画，每一处破碎的痕迹都比头发丝还细。

“《受伤的女人》。你不觉得这个名字太普通？”姜夕说。

“我记得那次画展全是女性画家，很feminism（女权主义），视觉冲击很大，很强的控诉感。可我唯独对这幅画印象很深刻，这种脆弱反倒很有力量。”红发女孩儿说。

“年轻的一代已经破门而入了！”

姜夕还记得那是林满为那次画展上她的画写的评论。他写道：“老一代拙劣地扭捏作态，不肯相信自己的时代已经过去。”

姜夕看着他对自己的满纸溢美，觉得有些恍惚。学生时代，把成功之路看得漫长而险阻，身心都做好了苦熬的准备。看成名艺术家的自传，总喜欢拣最艰苦贫困的那一段，看得热泪盈眶，恨不得张开双臂说：“让苦难来得更猛烈些吧。”

后来发现这条路原来短得惊人，走着走着就发现视线里出现了终点处的鲜花和点心，想象里的荆棘和暴风雪都没有出现。未免觉得无趣，无趣是对人生最大的惩罚。

画这幅画时，是她和林满在一起的第五年。

她离开了和唐鹏同居的小屋，搬到林满给她的工作室。她离开了朝九晚五的工作，如跃进捕鼠夹的老鼠一样跳入了林满为她提供的生活。林满把所有的钱全放在一个抽屉里，用蓝白条纹的绢布盖着，她觉得自己像古代的良家妇女——这个认识，使她非常快乐。钱少了，林满就再默默添上，像是童话中可以生财的宝盒，他太知道该怎样维持着不食人间烟火。

第一次出去旅游，是林满带她去台湾。

林满和友人约在温州街的旧书店谈事，他们坐在里屋，姜夕在外屋杂乱的书架上翻书，爬上爬下，出了一身汗，淘到一本《龚半千课徒画稿》，惊喜地望向林满，想向他炫耀，他恰好微笑着看着自己，像是她理想中慈爱的父亲。

他招呼她过去坐，她坐在他身边翻画册看，他聊天的声音又低又远。她像回到了中学的下午，逃了体育课，坐在洒满阳光又空无一人的教室里，趴在手臂上假寐，听到腕表上秒表的声音，未来连接着过去，时间像是在那个瞬间穿越了。

她看着画册，猛地抬头时不小心撞到林满的手掌，原来她坐在了一片曝晒的阳光下，他很自然地一边说话，一边用一只手掌去挡她额前的光。

他的友人看着他们笑，姜夕不习惯他在人前表现出的亲昵，低下头继续看书，既不好意思也感到有些凄凉：他的友人定然看出她是他的情妇。

傍晚，林满说要带姜夕去“乱世佳人”吃饭，本以为是高档会所，结果是一家小炒店。他们在二楼的天台上吃饭，热气腾腾的时蔬和海鲜源源不断地端上桌，两人吃得快而沉默。鱼入口即化，嫩得刚送进嘴里时整个后脑勺都“嗡”的一声，恨不得要流泪。两人对视，看到彼此湿润的眼眶如含情脉脉，同时大笑起来。

吃完饭，她先下了楼，在小饭馆的门外等着他。他结完账出来，她看他神情轻松，两鬓各一抹灰白。这一刻，他的过去和未来都是她的。她愉悦地冲上前，像个孩子一样抱住他的脖子，他踉跄了一下，窘迫地笑了起来。

她把脸埋在他的颈窝，不愿意从他身上下来，她赤脚踩在他的鞋上，他带着她往前走，像在笨拙地舞蹈。

回到酒店，两人看电视，是个催眠的综艺节目，很多明星兴高采烈地被催眠，说看到了自己的前世今生。

“你也把我催眠了。”林满看完，心满意足地得出结论。

他以为这是对她魅力的赞许，姜夕却很不喜欢这种说法。仿佛她骗了他，他一直是一个无辜而忠诚的受害者，有一天梦醒之后，他就安然无恙地回到原来生活的轨道上。

这个不愉快的想法一直伴随着她直到回程。在台北的机场，她依然竭力做出愉悦的样子，在机场买了很多礼品，几乎没法提上飞机。

林满有些不耐烦：“去个台湾都这样，要真带你去美国，你不得搬座山回来？”他和他妻子上个月刚去过美国。

姜夕微笑道：“我没见过世面嘛。”内心则不断地下沉，心想：不能这样下去了。

不能这样下去了，这样的想法在姜夕的脑海里又不断翻滚了两年，转眼她就过了三十岁。

“你看到好的人，不要放过，把自己嫁出去吧。”林满总是这样说，语带叹息。可时而又故作凶狠，在她耳边低语，“我要把你霸占到四十岁，到时候，哪怕你想嫁，也没人要你。”

他反复无常，是笃定她不会离开自己。

林满的画这两年在艺术市场的价格一路下跌。他最近画的系列都是丑陋而扭曲的中国人，他认为讽刺而尖锐，却被评价为“老旧滞重”，他愈发不敢动笔。姜夕的创作热情和名气却一路看涨，林满偶然来她的画室，看到她的画会忽然暴躁起来，说：“这些题材宋人、清人不都画过了，你再画这些还有什么意义？”她维护着他的自尊，小心翼翼地不反驳。

他不再能摸准艺术和市场的标准，唯一对姜夕十拿九稳。

林满变得越来越肆无忌惮，竟向姜夕讲起自己当知青时和妻子相遇相恋的故事，如何在极贫的环境中相依为命，他把这故事作为青春甜蜜而苦难的勋章。某日，又夸某个来采访自己的艺术杂志女记者比当年的姜夕更有灵气。

“他是要逼疯我。”姜夕清醒地意识到，他是在不断地伤害她、刺痛她、远离她，来试探她的极限，仿佛把一根铁丝放在火上烧，考验它何时会软化弯曲。如果她留在他身边，则证明了他对她的魔力；如果她崩溃，离开，那么她的软弱则证明了他对于女人的判断，对人性的鄙视。

怎么都是他赢。

姜夕终于崩溃了，把水杯、牛奶盒、烟灰缸、钥匙全部都扔向他，一个都没有命中，全都摔在了地板上。

“你现在真是名副其实的女画家了。”林满走之前，冷笑着说道。

姜夕跪在地板上捡玻璃的碎片，心想：自己这几年过得简直毫无知觉，如同上了一条黑胶皮的传送带，输送进一个黑暗逼仄的小洞里，她卑微如老鼠。

姜夕把自己关在房里好几天，画了这幅《受伤的女人》。女人并不是被男人所伤害的，男人并没有伤害女人的能力，他们什么也不懂，如同最简单的哺乳动物一样呼吸、猎食、睡觉，行走在草地上、石缝里。女人被切断了引力，如同在一部失去重力的电梯里，重重地摔在男人的身上，粉身碎骨。

## 六

画展终于要开幕了，最兴奋的是红发女孩儿。她换上了一件贴身的粉色连衣裙，腰部镂空，曲线妖娆，大红色的玛丽珍鞋则又显得纯真而危险。看她专业地给画廊内部的员工进行作品的概述，姜夕想：年轻的一代真的破门而入了。

来的人不少，超过了姜夕的预期。她费力地笑着，试图和每个客人去交流。时而和红发女孩儿眼神交汇，姜夕做出哭丧的脸，女孩儿示意她打起精神、挺起胸，不要驼背。

姜夕振作起精神，她扭头，看见了林满。

上一次见到他，是她从他租的画室里搬出来的时候，林满帮她把画搬上车，他苦笑道："你的画里没有我了。"

那是六年以前。她没有想到六年的时间会在一个人的身上产生如此大的变化，他的头发灰白了一大片。脸颊上的肉明显下垂，显得非常悲愁。他也看见了姜夕，朝她微笑着。他的眼镜似乎都变得更厚更脏，眼里一点儿神采也没有。

姜夕不知道自己是怎样走过那十几米的路，来到他面前的。她避免去看他凸起的肚子，正如他避免去看她脖子上纵横的皱纹。

"你怎么来了？"姜夕说。

"这里有一个商业机构邀请我来做讲座，我就来了，刚好在报纸上看到你个展的消息。"林满说。

"看起来你还挺忙的。"姜夕笑道。

"还不赖。"林满说。

成功的反面并不是失败，不是突如其来的空虚，而是提供给你一种还不赖的生活。差不多的繁忙程度，差不多的生活形态，差不多的高朋满座。只不过，日复一日的生活渐渐散发出一股酸腐的气味。和你厮混的人也越来越模糊和不体面。仿佛是泳池的水被慢慢抽干，最后只剩下池底枯黄的落叶。

起初，你毫无察觉；后来，你假装没有察觉；最后，你接受自己已经沦为二流的事实。

林满虽然嘴上说着自己繁忙的日程，眼神却释放出求救的信号：救救我，不要让我和池底落叶一起被冲走！

姜夕胸中无数情感猝不及防地涌上来。林满看出她快要哭出来，赶紧转移话题，看了一眼她手上的钻戒，笑道："这么大的钻石，是个商人？"

姜夕被他话里的嘲讽刺伤了，冷冷地说："是个作家。"

她强迫自己回忆乔意的好处。乔意也看她的画，但从来不像林满一样直率地评论，从来都报以无差别的惊喜，像是一个别无所求的退休老人，每天早上去阳台上看自己在世上唯一留恋的几盆土，无论开出什么花来，都觉得很神奇。乔意对待她，就像对待一盆脆弱的盆栽。

林满说："怎么这么不接受教训，又找了一个艺术家？"

姜夕下意识地转动着指上的戒指，说："如果一个女人，不幸和一个艺术家恋爱过，就很难再和一个普通人在一起了。"

她说的是实话，她也尝试着和商人、医生交往，但结果总是失败。

"你呢？你的孩子大学毕业了吧？"姜夕问道。

林满眼角堆满温柔的皱纹，笑道："我都快当爷爷了……我离婚了。我前妻再嫁，去美国了。"

姜夕很震惊，当年和林满在一起时一切的痛苦，一切的狂喜，一切的碎片，一切的斑斓又扑面而来。

她笑着做出遗憾的样子来："怎么我没赶上呢？如果我当年没有那么疯就好了。"她犹豫了一下，问道，"你当初有没有想过为我离婚？"

林满大笑起来，笑声又恢复了往日的神采，他说："当然了。"他叹了一口气，像看一个孩子一样看着她，又说了一遍，"当然了。"

他看着她，笑着说："我走了。"就像过去，他离开她的画室之前日常的道别。宣布了好几遍要走，脚却迟迟不动。

姜夕内心生出一丝疼痛：别那么快就走！时间还没到！

她看着他的脸，想要把他的脸牢牢地记住，甚至充斥她的整个回忆。她想把童年、青春全部忘却，让其他男人的脸、其他男人的身体都逐渐被记忆之海浸泡溶解，最终仅仅是他们的只言片语浮在内心的虚空中。然后，只剩下她和林满之间的回忆，让愤怒和怨恨消失，只剩下至今三千多个日日夜夜的思念与柔情。

林满被她看得局促，仓皇地道别，几乎是跑出了画廊。

姜夕追了出去，跑到他身边，摸到他的手指尖，然后郑重其事地拉住他的手——过去，他们从不这样，他们一直是急不可耐的。

林满的手心全是汗，他窘迫而惭愧地说："我已经是个老人了。"

"我知道。"姜夕说。

她一向最爱这样的故事，只因为一眼的怦然心动也好，一瞬间的刻骨铭心也罢，就这样无怨无悔地奉献出自己的一生——并不是许给对方，而是许给自己如同殉道者一样悲壮的命运。以超人的意志抵抗住了时间的摧毁，这是日常生活的史诗，是战胜了自私与欲望的神圣一刻，把庸俗的现实击得粉碎。

"我们走吧。"姜夕说。

"去哪儿？"

"天涯海角。"

# 拉萨 · 绿度母

这个是绿度母，观世音菩萨的眼泪变的。

# 一

“来不及了。”唐鹏看着几乎纹丝不动的车流，心渐渐沉了下去。

如果不是早上和老沈吵的那一架，他现在早就到了机场，还是怨老沈。唐鹏起床时老沈还没醒，她半梦半醒地嘟囔了一句：“别走了，今天我排卵。”唐鹏不以为意，笑着拍了拍她裸露在外的肩膀，照常洗漱，收拾行李。

临到出门，老沈突然从厕所冲出来，背靠着门不让唐鹏走。

唐鹏笑嘻嘻地说：“真要吗？你可别害怕。”说完，他上前抱住老沈的腰，撩起她的睡袍，用大拇指摩挲着她的腰，嘴里说着求欢的话，手腕却暗暗使劲想要把她移开。

老沈却身如磐石，面如烈士，岿然不动。唐鹏有些焦急，退开一步，说：“别闹了，我赶不上飞机了。”

老沈发了狠：“我说了，今天不许走！”

她素黄的脸上有一层油光，大概是没有被吸收的护肤品，为她平添了几分不似真人的可怖。厕所的水龙头一直拧不紧，滴滴答答的声音像是电影配乐——预示着男主角此时的焦灼不安。

对峙中，唐鹏发现老沈的睡衣下沿湿了一小块，难道她竟然费心刮了腿毛？那为什么不干脆换下这身肉色的棉睡裙？他想起自己刚和老沈在一起时，她在他的鼓励下只穿黑、红、紫的深色内衣，光滑的丝绸面，夜光下似光影的遮掩。他说任何颜色暧昧不清的内衣，在身上都像一块巨大的橡皮擦。

唐鹏压下内心嘲弄的冲动，压低嗓子，息事宁人："一大早的，别发神经。"

老沈说："到底是谁在发神经？"

唐鹏怒道："我怎么了？"

老沈说："谁知道你怎么了，一个月一大半时间都拎着个破箱子跑来跑去。有一天你要是不回来了，消失了，我都只能认了……"

唐鹏有些心软，说："你也是过来人，别假装搞不清楚。"

老沈双眼迸出精光来："你也记得我是上过班的人啊。我当初累得像死狗一样谈单子的时候，也没见你同情我。"

唐鹏说："我当初在家给你洗衣做饭，怎么不叫心疼你？"他说的是刚结婚那几年，他失业在家，只有老沈挣钱。

老沈冷笑道："那几年你知道他们都说你什么？说你软饭硬吃。别的男人吃软饭好歹还知道理亏，知冷知热的。你倒好，吃得理直气壮，家里大小事都得你做主。"

唐鹏气得膝盖都开始发抖，也不知该如何反驳。他现在的工作虽如鱼得水，可当初也是老沈动用了她的关系才帮他找到的。

老沈继续说："后来你上班了，说要生孩子，我二话不说就辞职回家。到底是谁假装搞不清楚？”

又绕回孩子身上，唐鹏知道此时最好的办法是把她拖到床上大干一场，急切地进入她，以示尊重；一下下大力地撞击她，仿佛为了说服他也说服自己而打下爱的烙印。或许，在一切都结束之后，他会和她在神圣的肃静中拥抱一小会儿，让恨意如汗液一样从皮肤中渗出，消失在空气里。他们才能够原谅为彼此带来的伤害。

可是，此刻的他完全做不到，他盯着老沈的腿，依然匀称而光滑，却发现自己没多余的爱与尊重可以榨出，哪怕一点点。

他神情陡然出现的裂缝被老沈敏锐地捕捉到，她冷笑道：“我终于看清楚你了，永远只想着自己，我当初说不结婚，你说对不起你，现在嫁给你，你更委屈；不生孩子，可怜你了，现在准备要孩子了，你更可怜。唐鹏，我算是服了你了，你能不能有那么一秒钟，不那么爱自己？”

唐鹏以或真或假的愤怒隐藏自己的心虚，他大声说：“你看看自己这副样子，我现在特别庆幸你还没怀上。”他把行李箱重重地摔在地上，巨大的声响甚至把他自己也吓了一跳。

老沈倒是终于沉默了，把箱子扶起，将拉杆递给他：“赶紧走吧。”这是她对他说的最后一句话，然后就钻进了厕所。唐鹏临出门前心虚地往半掩的门里望了一眼，看到老沈弯腰在洗脸池里洗头。他忍不住皱眉：“我说了多少次了，不要在洗脸池里洗头，头发把下水管都堵住了。对了，厕所的水龙头你有空找人修一下。”

老沈到底哭了吗？车已经开出一个小时之后，唐鹏依然在思考这个问题，最后的那一瞥，他在她脸上看到的是肥皂渍还是泪水？如果是泪水，是洗发水进了眼睛还是出于悲伤？

唐鹏严肃地思考着这个荒谬的问题，这样的争吵对他们来说早已是家常便饭，可是为什么他如此害怕泪水？因为泪水是真相。

对峙可以是游戏，诘问可以是撒娇，指责可以是调情，充满了戏剧感的冲突，以上都可以被唐鹏粉饰过去，作为“一幕”。人物淡出、场灯暗淡、大幕再次掀开就是下一幕，故事又重新开始，观众又开始鼓掌，观众和演员都是他自己。然而，泪水无法收回，它划破了布景，露出断壁残垣的废墟真相，它是拒绝，演员无声地抗议，拒绝再参与。

还是迟到了，到柜台的时候比规定时间迟了三分钟，值机柜台的地勤人员面无表情地拒绝了唐鹏的哀求。

他买的特价机票无法改签——不知道老沈在哪个稀奇古怪的网站上买来的，还是怨她，每次都自以为是，结果精明办坏事。唐鹏断定地勤代表的航空公司在坑钱，这种说法不仅消耗了她的耐性，而且使她羞愤。

她头发剪得很短，短得已经脱离了时髦的范围，分明很年轻，脸平展得如同熨烫过。或许是刚毕业吧，所以急着要用刚正不阿来证明自己的专业性。唐鹏猜测她是那种以为自己男友从不看黄片的女人——如果她有男朋友的话。

“姑娘，通融一下呗。”他投降，说出如此无力的句子。

“下回早点儿来。”地勤头也不抬。

“我有急事。”唐鹏用指节敲打着柜台，试图唤起她的注意。

地勤不说话，彻底无视他，开始敲打键盘。

唐鹏看着她的后颈，短发的边缘有一道严厉的界限。唐鹏对这样的女人毫无办法，该如何软化她，把她变成女人？多么邪恶，如同把一块钢铁烧得娇羞通红，让它颤动、柔软、弯曲，任人摆布。唐鹏从想象中醒过神来，却发现自己的无能为力。在漫不经心的青春里，他从没读过《钢铁是怎样炼成的》，一直以来，女人是火，他被火塑造。

“我是去治病的。”唐鹏凑近了小声说。

地勤抬眼，惊疑不定地看着他，说：“什么病，有没有医院开的证明？传染病是不能上飞机的。”

“简直不可理喻。我要去投诉你们公司。”

“精神病也不能上飞机。”地勤讽刺道，从桌下拿出一个“暂停服务”的牌子放在柜台，转身准备离开。

唐鹏一把抓住她的手腕。“你要干什么？”她惊叫道。

他提起自己的裤腿，露出一片疮痍：大小不一的红色血泡盘桓在他的小腿上，没有一寸完好的皮肤。

地勤倒吸一口凉气，唐鹏强迫着她盯着自己溃烂之处，不允许她逃避和闪躲，他有些狰狞地笑了，仿佛这是她对他犯下的罪行。

## 二

原来今天是结婚五周年纪念日。唐鹏起飞前准备关掉手机，看到屏幕上显示的日期才忽然醒悟过来，还是给老沈打个电话吧，无人接听——还在生气，他犹豫着要不要发个短信。空姐过来催促他关机，算了，女人不能哄。

老沈也不是那种需要哄的女人，她比他大五岁。刚认识的时候，他还在杂志社做摄影记者。两人刚在一起的时候，他常对人说："遇到老沈之前，我守身如玉了三十年。"说多了自己也信了，实情当然不是。

唐鹏如今还记得杂志社的办公室，隶属于某个国企机关，所以位置极好。在一座古迹改造的公园里，公园被不分青红皂白地改造成了江南庭院的风格，在这座肃杀的北方城市显得小气。唐鹏是南方人，上大学去了西北，被贫瘠、干涸、无法得到满足的性欲折磨得苦不堪言，到了这里油然而生思古幽情，毕业之后一直没换工作。

上下班时段适逢老人集体出动的时间，他们是属于老年人里不服老的那一拨，人如潮歌如海，歌颂祖国和革命年代，雄赳赳气昂昂跨过鸭绿江，不出一身汗誓不回家扫地煮饭带孩子。唐鹏每每骑车经过，总是刻意减慢，对车后座的女友说："你看他们活得多上进。"

女友是办公室的同事，一个高挑清秀的姑娘，叫姜夕。她却在后座上催促他骑快一些，说受不了他们亢奋的样子，让人对年老感到绝望。

唐鹏只好把预备好的“执子之手天荒地老”的话吞回肚子里。分明是两类人：他要生活，她要逃避生活。分手之后，唐鹏消沉了好久，倒不是因为多么爱她，而是因为好不容易建立起来的对未来的构想猝然倒塌。

然后就是老沈了。杂志社经营遇到困难，请老沈来讲广告营销，她是某个时尚杂志市场部的头，百伶百俐，名声在外。领导派唐鹏去公园门口接她，未见其人，先看到一双包裹在紧身过膝长靴里的长腿钻出车门。她淡淡地扫了一眼唐鹏，把他当作酒店门童一样，铁骑铮铮径直地往前走，茂密的长发在身后摇曳。

“你倒是快点儿啊。”她停住，回头喊唐鹏。她不耐烦地微仰起头，逆光，脸看不大清楚，胸部倒是清晰而骄傲地高耸着。那时候的老沈，漂亮得与那个暗淡的冬天格格不入。

晚上杂志社领导请老沈吃饭，七七八八找了些酒搭子，团团簇拥着老沈走出办公室，脚下生风似的很快走远。老沈的笑声倒久久没有消失，爽朗而娇媚地一下下挠着唐鹏的皮肤，让他怅惘了一小会儿。

到了十点，领导打电话让唐鹏也过来，他推辞了半天，听到老沈抢过话筒，带着醉意软绵绵地说：“是不是不想见我？”这才答应下来。

包间里，老沈喝得面色酡红，身边围了几个脸喝得更红的中年男子。“再喝再喝。”他们的亢奋不正常，大半个身子趴在桌子上托住老沈的杯脚往她喉咙里灌酒。

看到唐鹏，老沈赶紧招呼：“快坐我旁边。”

其他人带着醋意起哄："是不是看上我们的小帅哥了？"

老沈也不避讳："是又怎么样？来来来，走一个给他们看。"拉着唐鹏喝交杯酒。

他意识过来，自己是充当了救星的角色，卖油郎独占花魁的机会一辈子只有一回，顿时士气大振，杀气腾腾地和人拼起酒来。越闹越厉害，终于把自己喝醉。老沈全身的重量都压在唐鹏的手臂上，笑眯眯地看着他，酒精作用让老沈身上的香味如排山倒海一般汩汩传来，唐鹏竟然一下子软弱得想哭，有种茫茫天地相依为命的感觉。他是她的"相公"，比老公还好，进可攻退可守，不清不楚地情深似海下去。

"叫嫂子！"唐鹏指着老沈粗声对领导说。

领导笑笑。唐鹏再度高声说："你叫不叫？！"

气氛顿时冷了下来，领导面色铁青，咳了两声，说："散吧散吧，不早了。明天还要上班。"恢复了开会时的口吻。

那晚是唐鹏第一次去老沈家，什么都来不及看与想，眼里只有老沈，打散的老沈，破碎的老沈，她的胸、肚脐、长腿。早上天光大亮，唐鹏才被她的家吓了一跳。

烟雾缭绕地营造出古装剧里大侠出场般的效果，各个墙角摆着的小香炉里正散发着一股苦涩的致幻香气。客厅里有柔软的欧式沙发，靠墙的地方摆着中式卧榻，躺上去就是民国。屏风上是东瀛的春宫图，荒淫吊诡的姿势和两张雪白木然的脸。屏风正对着的墙上却是一幅字，上面写着："至道无难，唯嫌拣择。但莫憎爱，洞然明白。毫厘有差，天地悬隔。"

老沈问："这字写得好不好？"

唐鹏说："挺好，挺好。是你写的？"

老沈笑道："怎么可能，是我求来的。"

老沈又问："你看这个贵妃榻是新花梨还是黄花梨？"

唐鹏听都没听过，压抑住心惊肉跳，笑道："新花梨。"

老沈又笑："屁！新花梨有这种香味？你闻闻，快点儿。"

唐鹏在老沈的催促下，弯腰，趴在椅子上嗅了几下，说："挺香，挺香。"

老沈说："你再猜……"

唐鹏笑着恳求道："不猜了，好不好？"

老沈家每件东西都有来头，要么是求来的，要么是哪儿的古董，要么是大师给开过光的，满目都是应接不暇的高级。唐鹏在近一年的时间里，都无法克服进老沈家的不安，连猫悄无声息地滑溜拂过的触觉，都会让他一个哆嗦。他大学之前的日子都在简陋的筒子楼里度过，连自己的桌子都没有——茶几吃完饭就是写作业的书桌，以至于他的作业纸常年都有透亮的油渍。大学毕业之后他到大城市闯荡，生活过得极简，"家"不过是躺下就能睡觉的地方。老沈对家细致的布置，着着实实把他震慑住了。

某一天，当老沈兴致勃勃地提议在家摆个佛堂——她在时尚杂志上看到，某个名媛家里摆了一个，唐鹏才忽然醒悟过来——或许是终于面对现实，这些不伦不类的堆砌和互不搭界的生硬掺杂，都不过是虚张声势，掩饰自己只不过是一个平凡的女人。这一天，是他们认识刚满三个月的纪念日，也是他们新婚的第一天。

“我结婚纯属上当受骗。”唐鹏人前人后总爱这样说。一开始，老沈还觉得是在夸她媚、嗲、惑，听多了终于觉得不对劲。终于有一天，她坐在沙发上怔怔掉泪：“你觉得受骗了就离婚啊。”

唐鹏这才忽然看清自己：对于婚姻，他一直有种儿戏感，就像是无意中转台看到的一出漫长而狗血的连续剧，看的时候一边骂，一边心甘情愿地受骗，全是被一股恶作剧的趣味和好奇心支撑。而且，知道自己总能关上电视，爬上床，在黑暗和寂静中睡去。

这样对老沈并不公平，唐鹏反省。那么，就要个孩子吧，为自己在这段婚姻中寻找一些脚踏实地的真实感。他不无天真地想，丝毫不知道这是他末日的序幕。

## 三

唐鹏清楚地记得，腿上的溃烂就是从他与老沈以生孩子为目的而性交的那一天开始的。

此时的他，蜷缩在小小的飞机座位上。西裤成分里的羊毛粘在腿部溃烂处渗出的黏液上，一抻，可以听到水泡破裂发出的轻微的“噗”声，如细微至极的嘲笑——它们恶毒地膨胀着，看他无计可施。唐鹏不断跟空姐要咖啡，灌下肚里，浓棕色的液体像毒药一样让他手脚末端变得麻痹，只有腿像被针刺一样疼。

邻座的小孩儿被飞机的颠簸惊醒，开始哭闹。他的母亲责备地拍打他的屁股，孩子以更激烈的身体扭动表示抗议，狠狠地朝唐鹏的腿上踢了一脚。

剧烈的疼痛几乎让唐鹏晕过去，他紧紧地抓住座椅扶手，却丝毫没有缓解疼痛。母亲让孩子向唐鹏道歉，孩子扭动着身体：“不要！我不要！”他开始近乎尖叫地大喊着，踢翻了小桌上的一杯热茶，洒在唐鹏的裤子上。

他的整条腿霎时沸腾起来，五脏六腑仿佛被骤然系紧，高高吊起在体腔之内，眼前一片漆黑，一瞬间他甚至以为自己已经死了，身边是惊叫与窃窃私语。

唐鹏后悔了，他深信不疑，自己会死在千里寻医的半路上，为了这不知真假的偏方。

偏方是柯宏志告诉他的。唐鹏的两任女友——姜夕、老沈都认定柯宏志是他的精神偶像，仰慕得情深意切，简直有同性恋的嫌疑。

认识他们的人都对此诧异和不解，唐鹏长得好看，画画、摄影都有天赋，待同性天真义气，待异性保守腼腆；柯宏志却瘦得难看，头小得不成比例，像个蚂蚱，昆虫一样的脸上还现出痴愣的神情。

相识是在大学，唐鹏刚上大一，去毕业班的师兄宿舍串门。冬天的男生宿舍像个巨大的被窝，空气里藏着所有属于夜晚的秘密。地踩上去软软的，不知是一代代青春期男孩儿的体液凝固结晶，还是被脏出了幻觉。

宿舍中间围了一桌，七八个人凑在一起打牌。只有一个男生没有凑在牌桌前，而是坐在床铺上不知在读什么书，一片嘈杂骂街嗑瓜子的声音中，他猛然抬头，说：“嘘！你们听！”

宿舍一下子安静下来，楼道里放着广播：“革命是解放生产力，改革也是解放生产力……”唐鹏也是后来才知道，那是邓小平的南方讲话。

“你们听，这个非常重要！”床铺上的男生自言自语，还重重地点着头。

“你有病吧，到底斗不斗地主？”其他男生不屑一顾，继续吵闹着玩牌，在陶瓷缸里捻灭烟头。

那张沉思而痴迷地听着广播的侧脸，在当时的唐鹏心中留下极大的震撼——远远超越了第一次看到女性的裸体，那是洞察力和智慧，黏黏的冲洗不净的荷尔蒙简直不值一提。

那个男生就是柯宏志。

认识了柯宏志之后，唐鹏才相信世界上确实有“天才”这件事。他有着超越年龄、阶层和成长经历的敏感和洞察力，每当他眯起眼睛思考，就像是在前几世的记忆中检索。

然而，他并没有像唐鹏想象中那样成为百亿富翁或是政协委员，仅仅成了一名记者，以好得惊人的洞察力和差得惊人的行动力著称。“他只是运气没到。”唐鹏曾经这样想。五年过去了，十年过去了，唐鹏发现自己的生活质量已经远远地把柯宏志甩在后面，他的第一反应不是骄傲，而是不安，他为自己不错的生活感到歉意，为市中心有两个卫生间的房子，为过于俏丽也过于能干的老沈，为每次见面聚会选择的高档餐厅和对红酒的挑剔。

每次见面，唐鹏总是夸大其词地描述自己曾受到的失败，毫不留情地自我贬损，甚至期待着柯宏志的讽刺。

一周之前，唐鹏撩开裤腿给柯宏志展示自己的溃烂：“你看我，以后咱们见一次少一次了。”

柯宏志吃了一惊，问：“两条腿都是这样？去医院看过了吗？”

唐鹏点头：“去了，老沈开始一口咬定是我在外面不干净。去医院看，医生半天没查出来，说有点儿像带状疱疹，但也不是。涂了药发得更厉害，都没见过这样的。后来看了中医，说是体内有湿毒。”

柯宏志又露出昆虫一样专注的表情，像是启动了高频声波的听觉系统，过了一会儿，忽然说：“我倒是想起一件事，几年前和一个老总吃饭，他说当时也是和你一样，满腿血泡，怎么也治不好。后来好了，怎么好的，你就当笑话听，千万别当真……”

唐鹏急切地说：“赶紧说。”

柯宏志说：“那人也是听别人胡诌，去了西藏，找了个当地的女孩儿，第二天回来，飞机还没落地就全好了。”

唐鹏笑道：“找了个当地女孩儿是什么意思？”

柯宏志说：“你说呢，不就那回事。说是去了体内的湿气。那个老总可真是有钱，可劲砸，拿女人当药引子。”

唐鹏说：“女人就是用来医男人的药。”

柯宏志说：“你小心我把这话告诉老沈，看她生不生气。”

唐鹏说：“她高兴还来不及。你也见过她年轻的时候，不知和多少人腻乎，最后落在我手里，我也觉得邪门得很，像是击鼓传花，到我这儿，鼓声停了，花我也传不出去，只能接着。如果不是被我截住，她早就桃李天下普度众生了。”

柯宏志讪讪道：“你这是得了便宜卖乖。”唐鹏意识到自己过分了，也就不继续说。

沉默之中，柯宏志继续说：“你要是想去的话，我就给老张打个电话。老张你也见过的，现在在西藏做地产和旅游，生意弄得挺大。”

饭店外是一个水池，水池中间还有个长脖子书生的雕像。几个孩子在往水池里扔石子，石子在水面上悠悠打了几个漂，沉了下去，涟漪散尽，水面依旧，可石子就在那里，石子与水都知道。念头也是这样，沉下去，就出不来了。

## 四

唐鹏刚出闸口就看到出口栏杆后，一个年轻的女孩儿热情地朝他招手。她穿着荧光黄的薄外套，紧身牛仔裤，头上戴了一顶印着熊猫脸的棒球帽。

“你怎么认出我的？”唐鹏走近后，第一句话问道。

“张总说，最帅的那个就是咯。”女孩儿抢过行李箱，径自朝前走。听到这样熟练而伶俐的谎话，唐鹏有些心酸。

“我们张总这几天刚好出差忙一个项目，没办法陪您。派我这几天做您的专属秘书，叫我盼盼就行了。”女生指着自己头上的熊猫帽子，说，“好记。”

她说得过于轻快流利，以至于唐鹏无法分辨出其中有几分是真话，有几分是暧昧的暗示，姓张的是真的出差，还是借故为他送上一个床伴？

女孩儿灵敏得像一只小鹿，穿梭在来往的人群中，他则笨重地跟在后面，睡眠不足和高原反应一下下轮流拳击着太阳穴。

“这辆车这几天都给我们用，自驾游。”盼盼坐上越野吉普的副驾驶，弯腰的瞬间露出牛仔裤上一块紧致的小麦色肌肤。

唐鹏笨手笨脚地爬上后座，说：“都听你的。”

盼盼摘下帽子，回头一笑。唐鹏这才看清楚她的脸，她的眼睛大得不合比例，不笑的时候阴郁而深沉，笑起来，眼睛周围的小细纹像是一圈锋利的小箭，露出闪光的白牙，瞬间变成一种小野兽。

盼盼说：“今晚先吃饭，给您接风，然后早点儿休息。明天咱们去布达拉宫、大昭寺、小昭寺、色拉寺，然后看时间决定要不要去罗布林卡，这样好不好？”

唐鹏说：“你安排。我这块肉要杀要剐，全交给你了。”

盼盼没有笑，车里的温度一下子降下来。

几年前，他去参加一个熟人第三次结婚的宴席，娇妻比新郎年轻将近二十岁，根本还是个孩子，吃力地跟在新郎身后敬酒。到了唐鹏这桌，新郎已经喝了五分醉，指着新娘大声说：“你说她这么年轻、漂亮，跟谁不行？跟了我，图什么？还不是图我这块五尺三寸的肉！

我这块肉！”他脸颊上的肉激烈地抖动着，新娘被他挟在腋下，瘦弱得像一只刚被拎出笼子的小鸡崽儿。唐鹏当时很注意地看了她的表情，她难堪的笑容里有一丝嫌恶。

此时的盼盼，是否也露出一样的鄙夷呢？嘲笑着一坨悄然腐烂的肉。

唐鹏小心翼翼地看着她的背影，只能看到的小半个侧脸是平静的，整个天空倒映在她的目光里。她身旁的车窗摇下了一半，云压得很低，一小团一小团地从大块云朵中挣脱开，殷勤地挤进车窗，是在天上也待得无聊了吧，来人间索求吻。

车平静地继续行驶，他从她那侧的车窗外看到一条标语：“定居工程惠及千秋万代，知恩图报共建长治久安。”汉字在上，藏文在下。她的脸猛然出现在这标语当中，很是怪异，唐鹏这才移开目光。

晚饭被安排在一家颇有名气的藏餐吧，预约排得很满，他们到达的时候离预定的时间还差一个小时，便决定在附近逛逛。

街道是环形的，经幡飘扬，桑烟荡漾，林立的小铺子里贩卖着藏刀、转金筒、耳环和手镯等。唐鹏一心想着赶紧治愈腿上的血泡，心里一直有些惴惴不安。盼盼不知道来了多少遍，早就没有新鲜感。两人都不大有兴致逛，可都为了对方做出兴致盎然的样子来，笑得都很吃力。

唐鹏饶有兴致地去打听一副唐卡的价格，盼盼悄悄拽他的衣袖，挤眉弄眼地暗示他走。走出几步远，她说：“我带你去看好的。”

人群在环形街道上顺时针流淌，熙攘、稠密。慌乱迷茫的内地人混在神色平静的红衣喇嘛之中，一道往前走，没有终点，因为处处都是终点。街上所有的人像是被召唤来参加某个神秘的仪式，只有他和她在人群中逆行，像两个逃兵。唐鹏心里很不安，担心这样是忤逆了什么神灵。生病之后，他就变得很迷信。

走进一家很小的门店，连招牌都没有，外屋不过十几平方米，一个穿红色运动服的藏族男子在为唐卡上色，一手端着颜料，一手拿着极小极细的笔，脸几乎贴着画布。

"今天只有你一个？"盼盼问。他朝他们望一眼，漫不经心地点点头，继续画。

盼盼凑到唐鹏耳边，轻声说："你细看，笔是猫毛做的。他现在画的是阎罗法王。"她的气息里有温热的酥油茶的味道，他的耳朵像是被放在小火上烤着。

阎罗法王通体蓝色，半人半兽，长着三只眼睛，一手握着骷髅棒，一手拿着绳索，骑着水牛，水牛下仰卧着一个赤身通红的人。盼盼说，那人因为是异教徒而受罚。阎罗法王背后燃烧着熊熊的火焰，只看一眼，这火焰就像要引到自己身上一样，唐鹏觉得腿又燃烧了起来。

"画得真像。"他不敢走近，抱着手臂远远站立。

"秘诀在颜料。这些颜料全部是取自自然，手工配制，研磨的力气差了一点儿都不行，讲究得很，黄色的让有力气的年轻男人来磨，蓝色和绿色就需要体弱的人一点点研磨。"盼盼说。

她压低的声音仿佛被研磨过，声音里有细微的颗粒在滚动，很有诱惑力，在这狭小的空间里有种让人不安的魅惑。

不安是唐鹏在腿发烂的半年里没有一刻摆脱的恶魔，它不离不弃地跟在他身后，永远不休息，他醒着的时候它醒着，他睡着的时候它依然醒着。他无法温柔体贴地对待老沈，尽管他知道自己除了她，无人可以去爱。

每次性爱都像上了刑具，他急切地想和老沈生个孩子——把两人从发现彼此真面目的悔意中解救出来；同时，又为真正拥有一个手掌中有真实重量、无法回收的婴儿的场景而惊恐万分。

他眼睁睁地看着自己堕落成一个邪恶的人，却像远在另一个星球那样无法施救。他整晚沉默地在房间中坐着，把溃烂的腿大咧咧地搁在茶几上。当老沈找他说话，他会埋怨她的打扰，而当她无视他，他则更加愤怒。

有一天晚上，他和老沈并排睡着。她忽然小声说："我觉得你不爱我了。"语气平静得像是讨论明天的天气。

"我就是有点儿烦躁，等我们有孩子就好了。"他把手覆在她的小腹上。永远拧不紧的水龙头又在滴水了，他觉得他们如此无助，两个如此靠近的陌生人被同一个奴隶主奴役，在结束乏味劳动而休憩的夜晚并排而睡，只有在同情自己的时候才有片刻的心灵相通。

突如其来的恍惚，在离家万里的这个地方，满屋的眼睛在看着他，一只眼睛的怪兽，两只眼睛的绿度母，三只眼睛的阎罗法王，还有释迦牟尼，一个释迦牟尼，两个释迦牟尼，108个释迦牟尼。他们在问他，齐声问他：

你来这里是为什么？去睡一个小麦色皮肤的女孩儿？用一次背叛来拯救自己？你难道不知：背叛，早已犯下。

## 五

晚饭很丰富。他们点了石头烤牛肉、羊排、素菜卷、藏式烤蘑菇、酥油人参果、糌粑和青稞啤酒。热热闹闹地摆了一桌子，却没有想象中好吃，牛肉没有煮熟，蘑菇太干，啤酒太酸。

盼盼吃得很开心，唐鹏吃了几个素菜卷就再也吃不下了，一直在喝温热的啤酒。盼盼夹菜的瞬间，他看到她纤细的手腕上有一道银色，很快湮没在袖子里。

他说："你这个手链很好看。"

她笑着把手伸给他，原来是三根极细的银环套在一起，她笑道："是我自己做的。"

唐鹏对眼前的女孩儿越来越好奇："我发现你懂得真多。"

盼盼说："我十六岁来这里学画唐卡。过去传男不传女，现在男女都能学。到现在，八年了。"

唐鹏问道："现在还画吗？"

盼盼嘴里还有一大块羊肉，一边嚼一边含糊地说："跟了张总之后，就很少画了。"

他脑海里出现她被张总压在身下的场面，胸中涌起一股酸意，说："还是应该坚持画下去。我原来有过一个女朋友，也很有天赋。我一直鼓励她要坚持画下去，现在竟然成了著名女画家。还是应该坚持下去，坚持下去！”他向前倾着身子，大声说道，苦口婆心得像高中毕业班的班主任。

盼盼笑道：“你今天有没有注意到那个画师的眼睛？”

他说：“嗳，亮得吓人。”

盼盼说：“像冬天的星星一样。可你知道吗，他们眼睛费得厉害，经常很年轻就瞎了。太苦了，那时候每天画十一个小时，我可不想瞎。”她吐舌头做了个鬼脸，粉色的舌尖一闪而过。

他凝视着她的眼球，发现清澈得不可思议，他从来没见过这样的眼睛。原来白天并不是天空倒映在她的眼里，而是她的眼里有天空。

唐鹏有些不好意思地移开目光，说：“你们确实更能吃苦。”

盼盼嗔道：“你别老说你们、我们的，我也是你们，我妈妈是藏人，爸爸是汉人。我是甘孜州丹巴县的。”

唐鹏说：“哦，美人谷。”

盼盼说：“我讨厌你们这样叫。”她一下子沉下脸，眼圈旁边小小的细纹连同光芒一起消失了。

唐鹏莫名想到白天车窗外看到的标语，尴尬得不知道说什么好，讪讪道：“现在你倒分起‘你们’和‘我们’了。”

太阳下山了，坐在二楼的窗边看得很清楚。云在太阳余晖中翻滚，像是要把天吃掉一样，吃完了天把山也吃掉，直到天地都茫茫。街上店铺里挂的工艺品被风吹出清脆的声音，像是怯懦的臣服，臣服于什么呢？也没有具体的对象，也许是有什么宏大的神灵将要从天而降。

磕长头的人还在磕长头，在史诗的太阳下，在史诗的雪山下。喇嘛的红袍被风掀起，像一团团火焰。诵经的人还在诵经，在夕阳笼罩的寺庙里，在白雪皑皑的无尽草原上，似呜咽，似恳求，恳求神灵回心转意，恳求它掩面不看自己的罪孽。于是，天终于黑了下来。

饭馆把灯打开，灯也不甚明亮，昏昏的，人像在帐篷里。唐鹏看着对面的盼盼用手抓着吃羊排，吃完之后还舔舔自己的手指。唐鹏想起自己吃肉时也总是这样，很贪婪的。

其实老沈是怀孕过一次的，因为不知情，在胎儿一个多月的时候吃过一次感冒药，孩子必须拿掉——这事后来他们都没提过。手术结束之后，他载着老沈从医院出来，忽然想吃肘子，拐到一个窄小的胡同里的小店，那里还维持着国营饭店的风格，收银员和服务员都穿着医生一样的白大褂，面色冰冷。

唐鹏点了一大盘肘子狼吞虎咽地吃。老沈脸色很差，一言不发，结账的时候终于忍不住对他吼起来："你狼心狗肺，你，你没有信仰！"

是这样吧，唐鹏忽然觉得自己胸口沉重得像灌了铅。他忽然觉得倦怠，想把自己从这个梦中唤醒，想睁开眼睛时看到的是穿着棉质睡裙散发着牛奶气味的老沈。盼盼打开一份地图，研究未来几天自驾的线路，他说："别安排了，我想明天回去。"

## 六

唐鹏把自己放在浴缸里，小心翼翼地把腿架在浴缸沿上。

忘了关窗户，冷风不断灌入房间，浴缸里的水一会儿就有了凉意。可是他没有起身关窗户，他太累了。他觉得自己像一张纸，曾经写满清晰而刚正的文字，然后被泡在水中，现在字迹变得模糊，纸也快烂了。

不知过了多久，房间门铃响了。唐鹏穿上浴袍去开门，是盼盼站在门口。

她提着一个塑料袋，里面是饭盒和两瓶红酒。盼盼抬头笑道："我看你晚上没吃多少，猜你还是不习惯。怕你晚上饿，明天又要赶飞机，给你买了些夜宵。"不知为何，她眼睛红红的。

盼盼从他撑开门的胳膊下溜进屋，麻利地在桌上布置出一桌饭菜，卤牛肉、西红柿鸡蛋、紫菜汤和寿司，啤酒是美国的。她坐下，双手支着头笑道："不知道你爱吃什么，买成了八国联军。"

只有一把椅子，唐鹏只好把桌子搬到床边，自己在床上坐下，心不在焉地随便吃点儿。盼盼也沉默着，眼圈却越来越红，终于"哇"的一声哭出来。她走到他的两膝之间，垂下肩膀，掩着脸哭泣，泪水源源不断地从她的指缝流出，滴在他的大腿上，滚烫。

唐鹏不知所措地抚摩着她的长发，长期的强紫外线把她头发的外层烤得细而毛糙，就像是灯泡里极细的钨丝。"怎么了，怎么了？"他不断低声问。

"我是不是惹你生气了?"她抽咽道。

"没有啊，你怎么会这样想……"唐鹏轻声说。他心里也燃烧着一根极细的钨丝，随时准备崩断。即使不为了治自己的腿，这沉闷压抑的酒店房间也需要一场热烈的偷情去拯救。

他顺着她的脊柱抚摩下去，手到的地方就喘息战栗起来，像开了一路的花。他眼里看到的是她，她像个走了很远的路的孩子。她眼里却空空的，看着什么想象中的东西。她把头埋在他的锁骨，仿佛那是全世界最舒服的枕头，嘴唇抵着他的脖子呼出热气，嗫嚅道："张总生我气了……"

唐鹏一下子明白过来，她是他的娼，良娼，依然是娼。张总得意的脸出现在脑海，唐鹏被一股强烈的憎意驱使，猛然把她推开。

盼盼一下子止住了哭泣，怔怔地看着他。唐鹏说："我不可能……你回去跟你们张总说，以后别这样搞了。"

盼盼站远了一点儿，甜润的奶香和温热一下子离得很远。浴室的玻璃窗发出哗哗的响声，起风了，气温降下来。唐鹏觉得自己这张纸又从水里打捞出来了，被风吹着，字有些模糊了，可越来越清楚。

她像是做了错事的孩子："哪怕不是张总，我也想。我爱你。"

唐鹏很想对她说：傻孩子。你说爱我，只是因为一时的安全感、照顾，以及百年难得一遇的良心发现，只是因为我不像其他男人那样打你。你不懂爱是什么。

一进家门，老沈就掀开他的裤腿，看到还是一片血红，竟像是松了口气一样，带着笑意说："穿着这样的裤子多难受啊，快去换身睡衣吧，我给你放卧室了。"

他在卧室刚脱下外裤，就听到老沈在客厅一声惊呼："这是什么？"心里一惊，急急忙忙地跑出来看。

是一幅唐卡，一定是盼盼趁他睡着的时候，塞到行李箱底部的。因为第二天早上，她并没有来送机。不过他也不确定，退房的时候，他似乎看到一抹荧光黄从酒店大堂的大理石柱子后一闪而过。

他连盼盼的脸都不记得了，只记得那天晚上自己抱着她哭了很久，真糟糕，这些不愿意回忆起来的瞬间倒一清二楚。

唐鹏笑着问老沈："这画的什么？"

老沈白他一眼："连画的是什么都不知道就买，人家宰的就是你这种冤大头。这个是绿度母，观世音菩萨的眼泪变的。你说这个挂佛堂好不好？"

唐鹏匆匆扫了一眼，就不敢再抬头看。他在繁复的线条和颜色中，一眼就看到绿度母的眼睛，飘忽的闪光，坚定地望着他。

一个小时之后，他和老沈又做爱了。老沈买了一个"备孕神器"，系在手臂上像电子表一样的东西，根据体温来判断是否排卵，应该做爱的时候就会发出"嘀嘀"的响声。"这样，我们就不会浪费了！"老沈惊喜地说。

他趴在老沈身上，心想得说服她把香炉扔了，那股味道真让人受不了，不知道掺了什么乱七八糟的东西。还有，厕所的水龙头真的该修了。

# 三亚 · 手铐

他们做的许多事终究是对真空下的窒息做无望的对抗。

# 一

地铁车厢的电视在放一则反贪腐的广告。一个看起来很气派的中年男演员，对着伸过来的红包，义正词严地说："不！"

柯宏志心想：多没有脑子的人，才会认为坐地铁的人会经受贪腐的诱惑。

地铁减速，门开了。柯宏志想：先关列车门，再关外面的屏蔽门，这很容易让被挤出车厢的人坠落隧道，前不久好像就有人这样死了，在跌落和被碾碎的瞬间，他在想什么呢？必死无疑的确定性比死亡本身更可怕。

为了防止自杀的设置，反而让地铁变得更危险了。自杀，跳轨自杀或许是需要决心最小的一种自杀方式吧。人在站台上，风从脚下吹过来，列车就要进站，车灯从一团橘色的雾变成越来越清楚的小点，真想跳进去……

柯宏志这样漫无边际地想着，忽然发现地铁窗户上映出对面座位上那个女人的脸，四十多岁，蜡黄的、毫无生气的脸，她怔怔地盯着自己的镜像，带着惊奇，好像等着看这张蜡一样的脸何时一点点融化。

女人太过专注地看着自己，以至于没有发现身旁熟睡的男人快歪倒在她身上了。那是个年轻人，外套上印着巨大的“CK”两个字母，两手局促羞涩地放在两膝之间，头却不自觉地往旁边倒去。柯宏志猜他是那种每天工作十二个小时的流水线工人，要回到住了二十多个人的出租屋去。他采访过这类人群，他还记得稿子的最后一句：“社会应该反思，如何给这些城市的陌生人以生存的尊严？”很铿锵有力，可当“城市的陌生人”变成地铁的邻座时，却很难有那种愤怒而悲悯的情绪了，只想两人中的其中一个赶紧下车。

车厢太安静了，不是睡着的那种安静，是睁着眼睛看着黑暗的那种安静。是因为现在地铁乞讨卖唱要罚款了吧。刚和唐鹏吃晚饭时，唐鹏说：“禁得好！那些卖唱的太烦人了。”

柯宏志说：“乞讨也是一种表达，他们违了什么法？”

唐鹏说：“他们装弱势群体，获取大众同情心。”

柯宏志说：“碍了你什么事？你最近一次坐地铁是什么时候？”

唐鹏不说话了，可不知道心里怎么咒骂着，真是，愚蠢的中产阶级，自以为是的中产阶级。毫无同情心，哪怕看见人在街角快饿得死掉了，也只会快步走开，说：“可怜之人必有可恨之处。”唐鹏这类人从来没读过《物种起源》，却认为穷人都是社会对劣质基因的淘汰。柯宏志有时写着稿子，想到读者是他们这种人，难免会突然悲哀起来：自己想唤醒他们还是改变他们？欺软怕硬的中产阶级。

唐鹏原来很清秀的，窄窄的脸，阴郁的大眼睛。近几年发了胖，摇头的时候脸上的肉一直在抖动，唐鹏说：“嗳，那次事故之后，你就太愤世嫉俗了。凡事，都要看到光明的一面。”他把“那次事故”几个字加了重音。

和那次事故一点儿关系也没有，他们从来也不是一路人。

唐鹏曾崇拜过柯宏志，努力去靠近他的精神。柯宏志毕业那天请客，唐鹏喝醉了，攥着柯宏志的手在深夜空荡的校园里大喊：“务虚浪影丁都护，世上英雄本无主！”

好几年过去了，柯宏志看到唐鹏的一张照片。已经是部门领导的唐鹏带领着全部门的员工打鼓，为某次销售战造势，站在上百面红色的大鼓前，他腰间和额头都系着大红绸缎，被摄影师捕捉到了最亢奋的表情。早就不是大学里那个瘦弱的男生了。

一个人逐渐长大，就必须接受一个事实：一些曾经在生命中非常亲密的人，如今分道扬镳了，这没什么不好意思承认的。不断告诉自己“友谊地久天长”根本没什么好处，搞得双方都很痛苦。

到站了，柯宏志跳上站台，地铁又急速往前开去，车上的人面部连最微小的变化也没有。他忽然有种古怪的感觉，觉得他们一个个都死了。

地铁口，有个很瘦的年轻人蹲在地上，面前放了个纸箱子，箱子上写着“相信未来，创造未来。原创诗歌，10元1首”。箱子里放着一沓A4的纸，柯宏志翻了几首，满目“故乡”“姑娘”“远方”，选不出一首像样的，可还是往箱子里扔了十块钱。

走了几百米，他还在想那十块钱，到底是帮了这个年轻人，还是让他继续沉湎于这些不切实际的东西，反而害了他？这些纠结要是被唐鹏知道了，他肯定会想："到底是穷，十块钱都能琢磨这么半天。"

是自己没钱、没用，才会害得……

柯宏志发现，他越是强迫自己的思维无休止地狂想——以便绕开那件事，结果就越绕不开。他周围的人也是，和他相处时，一个个像骑自行车的时候一直提醒他不要撞到街边的垃圾桶，结果越小心地提醒，他越准确地重重撞上去。

他住的楼就在前面了，他能看到自己黑色的平角内裤飘荡在四楼的阳台上，他甚至觉得自己看到了樊怡盘腿坐在沙发上看电视的身影。

这时，手机响了，是朱晓阳的短信："我受够了，你根本没有为我们的感情努力过。"

柯宏志知道，自己必须做决定了。他做了一件在过去的一年里经常出现的行为，他蹲在地上，毫无征兆地大声哭泣起来。

## 二

樊怡在沙发上坐了一个下午加上一个傍晚，电视里的欢笑一点儿也没有感染到她。

冰箱里有中午吃剩的鸡腿，厨房的橱柜里还有过年的时候买的干香菇，可以下个鸡汤面。在脑海里，她起身、泡香菇、把鸡腿化冻、切丝；起身、泡香菇、化冻、切丝……然而，她一动也没有动。

她听到钥匙开门的声音，随即传来塑料拖鞋在地板上发出的“吱呀”声，脚步声在她身旁半米的位置停住。在近乎黑暗的房间里，柯宏志双手插兜站着的身影只有个大约的轮廓。

他清了清嗓子，像准备发表什么重要讲话一样，说：“怎么不开灯？”

樊怡没有说话。他又说：“刚和唐鹏吃饭，他的腿烂了一大块，吓死人了。肯定是因为在外面乱来弄的。”

依然是一阵沉默，柯宏志叹了口气，说：“明天我找人把楼道的墙面刷了好不好？”

樊怡愣了一下才反应过来：楼道的墙面上有毛豆画的画。毛豆是他们的儿子，六岁，到了活泼好动的年纪，又受到了幼儿园老师夸张而不负责任的鼓励，爱上了画画。最心爱一箱99种颜色的画笔——他是全班第一个拥有的人，总是随身带着。她不让他在家里的墙面上画，他就到楼道里画：彩虹、树、只长了三根头发的人，永远画这几样：“妈妈妈妈，你看我画得像不像？”

毛豆，是他们的儿子，死的时候只有六岁。

毛豆，是他们的儿子，今年该七岁了。

樊怡在提到或者想到毛豆的年纪时，总会有些许的犹豫。她有时想说“六岁”，因为这是他停留在她脑海里的年纪，有时又想说“七岁”，就像他从未死去那样。每次想到这里，她就像一脚踩入了深不见底的黑暗之中，一直坠落下去。

她用手掌顶着身边放着的乐高模型不断用力，直到疼痛。这个模型原来是放在毛豆床头的，他每天早上都要摸一下，樊怡问为什么，他说自己经常梦到买玩具，醒来就要摸一下，如果硌手就是真的，如果不硌手就是做梦。硌手，所以这一切都是真的。

她内心乞求柯宏志听到之后赶紧走开，让她和黑暗再待一会儿。然而，柯宏志却在她身边坐下了。樊怡浑身不自在，她不愿意和任何人分享这个爱好。

电视里播放的是一个亲子的真人秀，几个明星父亲每周把自己的小孩儿带到户外去，接受不同的挑战。樊怡把每一集都录下来，循环往复地看。

孩子出事后，她本来没有看电视的心情。几个月前，女友带着她外出购物，看到其中一个明星孩子代言的广告牌，笑着对她说："你看他长得是不是和毛豆蛮像？"樊怡大概很久没有听到别人提到儿子的名字，像是被大浪劈头盖脸打了一下，险些站不稳。震动平复下来之后，竟然有种凄凉的窃喜。

柯宏志在樊怡身边坐了一会儿，就不耐烦了，问道："我记得我收了一箱毛豆的衣服，怎么找不着了？"

樊怡不言语。两人像被安排到一个车厢的乘客，期待着对方说点什么来打破尴尬，而当对方开口，却又觉得厌烦。

柯宏志被她的沉默折磨到了忍耐的极限，终于起身。塑料拖鞋吱呀的声音，结束在卧室门关上的一瞬间。

一个月前，柯宏志拣出了一大箱毛豆的旧衣服要扔，他说："留着也没用，老看着，心里老也过不去这个坎儿。"他大概发觉了，樊怡老是去一件件闻那些衣服的气味，闻闻袖口，闻闻腋窝，混合了咸的菜包子、甜的牛奶、甜的笑声、咸的泪水和汗液的味道。她以为闻了很多次，这些气味会消失，然而并没有，它们依然长久地萦绕着，像是被什么牢牢罩住。

樊怡知道柯宏志扔掉这些衣服的理由充足，自己也拧不过他。就偷偷把这箱衣服寄走了，寄给那个明星小孩儿：“××电视台转××一家收。”她知道大抵也如石沉大海，拆都不拆就被扔在某个垃圾箱，可就是忍不住。

忍不住啊，她每天晚上在网上和攻击那个明星孩子的人骂仗，几千字几千字地写，浑身的热气往上涌，眼睛都变得通红，一个个通宵就这样过去。凌晨才爬上床，手脚冰凉地躺在自己丈夫旁边，浮游在睡意的表层。

这一切，她都不敢让柯宏志知道，他一定会说她疯了。她想，她的确是疯了。

## 三

柯宏志醒来的时候，以为已经过去了一晚上。看了一下手机，结果还不到十点——才睡了二十分钟。他原本想再睡下去，然而忍不住翻开了朱晓阳的那条短信，还有之前的，一条条看着，竟簌簌地掉了一阵眼泪。

他和朱晓阳在一起的事情只有唐鹏知道，唐鹏很直率地表达出惊讶："这样一个女孩儿，随便玩玩就行了，没想到你还认真！"

柯宏志不知该怎样对他说明。毛豆死后，他忽然发现自己原来一直生活在无意义之中。

他采访、写社论、抨击不公揭露黑暗，把生命中最宝贵的年华都用来指责他人的恶行，这些自以为英勇的美德原来都是无望的对抗。意识到这一点之后，他急着在生活中抓住些确凿的东西，比如朱晓阳。

柯宏志第一次带朱晓阳出去采访，是去郊区的别墅采访一个女明星。那也是朱晓阳作为实习生的第一次采访，她做了整整一周的功课，很兴奋。采访结束之后，却一句话也没有说。两人坐在回市里的出租车上，她终于爆发出来："问她看书吗？不看。有什么想演的角色？没有。有喜欢的导演吗？好几年不看电影了。那对什么感兴趣？学佛。信佛什么机缘？不能说。小姐，我问问你，那你让我写个屁呀。"

柯宏志笑道："名人嘛。一开始你还生气，后来你就只有同情了。"

朱晓阳冷笑一下，看着窗外。那天的阳光很好，在她的头发与肩头跳跃着，她耳朵的上半部分变成几乎透明的粉色。朱晓阳注意到他的注视，说："柯师傅，你看我的耳朵，耳轮薄得很，说这样的人命会很苦。"

柯宏志笑道："你年纪轻轻还信这些东西。"

朱晓阳说："我妈懂这个，很灵的。她说我是妾耳，还债的命。"他听到"妾"这个字，心猛地跳了一下。

朱晓阳管谁都叫“师傅”，使报社里这帮中老年男子瞬间代入年少时在被窝里看的武侠小说之中，被她迷得团团转。朱晓阳长得很娇小白净，黑而直的短发留到耳垂下面，在一办公室满头红黄卷燥的女性中非常特别，细看，五官倒是很平庸的。

那时候，柯宏志厌恶他的同事，因而厌恶着他们喜欢的一切，包括朱晓阳在内。他俩的住处仅隔一站地铁，因此总是搭同一辆出租车。她先到，再晚他也没有下车送过，车径直开走。倒是朱晓阳目送过他几次，站在小区一扇小小的铁门前，旁边水果摊冷而强烈的光打在她身上，像是被人堆好之后就弃置的雪人。

大半年之后的某一天——毛豆的那件事刚发生一个月。朱晓阳晚上给他打电话求助，紧张又啰唆地说了大半天。原来她和一个女生合租，那女生的男友总是过来留宿，后来喜欢上朱晓阳。两个女生决裂，合租的女生搬了出去，那男生就每天晚上来砸门求爱，报了一次警，收敛了些，不再上门，但每天来楼下盯着不走。

柯宏志犹豫了一会儿，还是带着一把榔头去找朱晓阳。踏进那扇小铁门的时候，他心里有些许的异样，大概是觉得某道引以为傲地坚持了很久的防线溃败了。

朱晓阳下楼去接他，抱着一个热水袋，穿着棉睡衣，露出一小段细瘦的脚脖子。两个人在她楼下转了几圈，也没有看到她说的男人。朱晓阳很尴尬，一个劲地道歉。

两人一前一后走着，柯宏志忽然发现朱晓阳在踩着他身后的影子，踩一下他的肩膀，拖鞋上的小兔子头一歪。他忽然烦躁起来，扭头大声说：“以后这种事你直接报警！或者去找老于和阿涛，别找我了。一个女孩子，自己在外面招惹那么多男的，以为多光荣的事呢！”

她低着头，过一会儿就哭了起来。柯宏志从没有见过一个成年人能哭成那样，像小孩儿，哭得无法收场，索性这样声嘶力竭下去，直到把自己哭成了一座废墟。他近乎直觉地抱住她，去摩挲她头顶细软的头发。

他们彼此都有点儿牺牲自己从而成全对方的感慨，却不知道自己才是两人中被同情的那个。大多数近乎爱情的关系，大概就是这么开始的。

不久之后就是朱晓阳的生日。具体是哪一天他已经不记得了，因为距离生日还有一周多，她就屡屡在办公室有意无意地说起，恨不得在每个人办公桌上放上倒计时的牌子，嘴里却说自己从小没有过过生日，让大家不要提醒她又老了一岁。

生日那天，她邀请全办公室的人去吃饭唱歌——她请客，老于或者阿涛付的账。柯宏志没去，却在所有人离开之后，在朱晓阳的办公桌上放了一个小的首饰盒。

“小姑娘一个人在外挺不容易的。”他毫无必要地对自己解释道。

第二天，他发现她把他送的胸针戴在了紧身的枣红色毛衣上，是一个小巧的粉碧玺胸针，兔子形状。她有意无意地总是在他眼前晃荡，他总觉得那天办公室里格外干燥，一股静电在空气中流动着。

上床是在一周之后。奇怪的是，他们对于性这件事都不怎么期待，可在某种不成文的规定中，两人一定要上床，这样才能把这桩外遇做实。

性没有那么美好。柯宏志想，问题是出在自己身上。他在过程中总有一种抽离感。一瞬间，她小小的乳与小小的手臂，让他觉得她是他的孩子，他从未存在过的女儿。

下一个瞬间，他又觉得他才是孩子，毛豆从他心里埋藏的那个冰凉的盒子中复活，借助生者的心去心跳。他们分享着一个生命，柯宏志替毛豆去长大，去经历他无法经历的女人，还有爱、罪恶、温柔和卑贱。

每次结束之后，朱晓阳都能很快睡着，临睡前她都要抓着柯宏志的阳具。“你别想跑。”她说。

人是可笑的。柯宏志本来很瞧不上朱晓阳的小心思：她从来不去偏远的乡村或者某个灾难的现场采访，却不放过任何一个跟名人或精英接触的机会。如今，也觉得是稀有的率真。

他也看不惯朱晓阳与众多男性暧昧不清的关系，等到两人好起来之后，他却觉得是别人出于嫉妒去造她的谣，出于一股义愤，越发坚定地要保护她，和她在一起。

两人从来没有认真定义过彼此的关系，朱晓阳在外依然是清纯的单身女郎形象，报社同事给她介绍的相亲也照见不误，全当成趣事讲给他：“上回见了个公务员，听说我是学历史的，问我清朝都是哪几个皇帝。我答了。他又问：那明朝呢？真是有病，大哥以为他是招聘哪，你说好不好笑？”

柯宏志开始也心慌意乱地跟着她胡乱笑一气，听了几个月，再笑不出来，闷闷地说：“我没资格吃醋。”

她听到这话，脸也沉下来。朱晓阳总是笑的，脸一旦冷下来，两道深深的笑纹就变得很严厉苍老，像是变了一个人。

朱晓阳又相亲认识了一个刚离异的中年男人，有房有车，急于结婚。她竟没有事无巨细地讲给柯宏志听，只模糊地谈道：“这个人真惨，前妻拿刀砍他，砍得后背血哗哗地流。”

柯宏志一听，就知道朱晓阳与那人七七八八已经聊得有些眉目，发了脾气，摔碎了一只马克杯。

她也生气，冷笑道：“你看看人家，说离婚就离婚，多痛快。”

她眼眶也有泪水，可这落不下来的泪也是很冷的，就像是冬天树枝上冻着的冰条子。

柯宏志觉得太痛苦了，可这痛苦里也有一些快乐：她毕竟是在乎自己的，在乎着自己能不能和她结婚。

吵了这一架之后，他们都有种“暴露了”的讪讪的感觉，下决心冷落对方，半个多月没联系。朱晓阳请假外出旅游，有意无意地晒出丰富的生活状态。单位的同事都传她要结婚了，男人们都有些失落，要失去最后一个单身女郎了。

朱晓阳真的要嫁人了吗？

柯宏志盯着手机屏幕，实在难以入睡，准备找点安眠药吃。他推开卧室的门，看到厨房有光，樊怡在煮面。他提高音量说：“多下点儿，我晚上也没吃饱。”

不大的饭桌上堆着报纸、购物袋、半瓶可乐、开了封的花生，甚至还有毛衣，杂物中拱出一个小圆圈来，刚好够放一个碗底——两人已经很久没有同过桌了。

面下多了，两个人越吃越慢，越慢越吃不完，吸溜吸溜声很刺耳，更衬得无话可说。

樊怡一贯沉默着，低着头，脸上浮着一种奇异的微笑。

柯宏志甚至期待樊怡和他吵。她有一切的理由跟他吵，都是因为他没有户口，又把仅有的积蓄拿去做了一笔失败的投资，才导致毛豆无法在这座城市上小学而回了乡下老家，发生了这样的事故。

然而樊怡却选择了一种更为残忍的惩罚方式：把他当作隐形的，目光静静地穿过他。他难以忍受这种压抑，没头没脑地说："真不想干了。今天老王把我叫过去训了一顿。几年前他到处说我是他半个儿子，现在看我拉不来钱，恨不得叫我爹。"

樊怡说："你也要体谅他。"

柯宏志大声说："那谁体谅过我呢？！"

他把碗重重地摔在桌面上，汤洒到报纸上，毛衣软软地从桌子上滑落。玻璃相撞的声音在空中回荡，桌上绿萝的叶子无法控制地颤抖着，万物都向他投降。

柯宏志也是给自己壮胆。他订了明天最早的机票，去南方，最南的地方，那里有热得发出焦煳味的阳光。他要把樊怡抛弃在北方寒风的裹着灰色沙尘的冬天，抛弃在墙纸剥落露出灰白水泥墙的房间里，让她和沙发、窗帘、毛豆的鬼魂一起慢慢变老。

樊怡坐在他的对面，蜷缩在一件灰色的羊毛开衫里，像公园长椅上无家可归的人。柯宏志想，自己真是个非常无耻的人。

## 四

樊怡从小到大做的噩梦都没变过——赤身裸体地被绑在一棵树上，然后一只巨大的鸟盘桓逼近，她拼命挣脱出绳子，赤手捉住那鸟，它又立刻变成一只更大的海参……

有了毛豆之后，她缠斗正酣，听到鸡鸣声就立刻收手——不好意思，不打了，六点半要给毛豆做饭了。

毛豆没了之后，她就永久地失去了这个心理反射，每晚和恶魔不断作战，久久醒不过来。她上午才醒来，离登机只有两个小时，脸都来不及洗，匆忙抓了几件衣服就出门了。

直到坐上出租车，她都没有注意到柯宏志不在了，更勿论注意到他放在床头的那封诀别信。

樊怡从来没有想到过外遇这事会发生在自己身上。她在婚姻中从无二心，这和柯宏志无关，是她爱上了“忠贞”这个词，这个词带给她的感觉就像洁白马桶里浅蓝透亮的除臭剂和刚刚消过毒的杯碗，让她从大脑深层觉得松弛。而一旦有偷情的念头，想到充满细菌的逼仄的偷情场所，以及自己卑贱的姿态就让她呼吸不顺。

可是强哥不一样，强哥不是外遇。严格算起来，强哥才是她的初恋。

从有记忆开始，他就住在她家对门。有一次，小学三年级的他闯了祸，被父母惩罚，赤身裸体地被丢出家门。他背靠着墙站着，黝黑得像一只磨光了的非洲木雕，只有臀部是一大块白印子。

再有印象的时候，就是她上高中的时候，那时强哥已经不再上学，他家在街道的尽头开了一家露天台球厅，叫“帝豪”，常年放着粤语歌，他每晚去那儿上班。樊怡的父亲玩台球赌钱上瘾，整夜耗在那里。她奉母亲的命拖他回家，好求歹求，嗓子都要滴出血来，父亲就是不理。一堆人在旁边笑着，樊怡就只看到强哥，裸着紧而滑泽的上身，低头用粉块摩擦着球杆顶端，头发长长地挡着眼睛。她心旌摇曳，像附在了一根绳子系在屋顶的电灯泡上。

有一天傍晚的放学路上，她被强哥推到墙壁上。她倒是出乎意料地冷静，高高地仰着脸，睁大了眼睛。对于初吻，她印象最深的竟然是老槐树下垂下的“吊死鬼”，咖啡色的蛹快掉进眼睛里。

还有一次，是被压在台球桌上，他一只手把她的两只手腕擒在她身下，一只手覆上了她的胸。台球桌的绿绒布上没有留下任何痕迹，可樊怡后来每次走近台球桌，都可以清楚地看到那个被压出的人形痕迹。

两人最后是怎样结束的，樊怡已经不记得了。就像对人解释一件事情的原委时，总是叹一声气：“说来话长。”最后连自己都不记得实际情况。

记忆里只散落着这两个没有前因后果的吻。她也没有想到，这两个吻会成为整个青春甚至中年仅有的激情的记忆。一次在夏天的开始，一次在夏天的结束。她在之后的人生里数了很多遍，依然只有这可怜的两次。当时未发作的心悸，用了将近二十年的人生去稀释。

她刚结婚时，和柯宏志回老家过年，父亲说到强哥的近况：“你李伯伯的儿子发财了！”如何致富却说不清楚，只说是进出口贸易。

柯宏志知道那是樊怡的初恋，格外追根刨底，笑道：“我明白了，就是卖假冒的名牌包和衣服嘛！”

彼时的柯宏志整天谈论外交大事和国际趋势，他渊博的学识简直要从屋里蔓延出去。她在一旁崇拜地听着，庆幸自己的选择。

父亲嗤之以鼻：“整天虚头巴脑，不切实际。这么能说，怎么不去上电视啊？”

在怀孕的那一年，她回老家待产。肚子里的孩子给了她自信，她按照父亲说的地址，去找强哥的服装店。

隔着一条马路，她远远地看着玻璃橱窗里的强哥。他坐在沙发上吸烟，身材壮实了一点儿，穿着V字领的黑针织衫显得很体面，过去略显做作的桀骜不驯如今变成了恰到好处的威严。

樊怡抚摩着自己的肚子，内心觉得前所未有的充盈和幸福。现在两人都过着蒸蒸日上的生活，她终于减轻了对他的负罪感。

在日后局促而紧张的日常生活中，她只有在看韩剧的时候，能够偶尔回到那个十六岁的夏天，能够重新感到强哥手臂环住自己的力量。看韩剧的习惯是毛豆死之前柯宏志对她唯一的不满，后来毛豆也依葫芦画瓢地批评她。有一次她嗓子不舒服，让毛豆去找含片，毛豆义正词严地说：“不能找韩片！你一看韩片就没完！”

在她以为渐渐将这个人淡忘的时候，强哥突然又出现在她的生活当中。樊怡意识到，她从来没有忘记过他，相反的，是她孜孜不倦的怀旧将他召唤出来。

一周前的一天，樊怡的父亲打电话过来——毛豆出事后，她父母每周轮流打电话过来，父亲很兴奋地说：“我们在集美吃饭哪！你李伯伯的儿子回来啦，请我们吃饭。刚才还说到你，我让他跟你说电话……”

父亲不由分说把电话传出去，也不等樊怡回绝，她听到电话另一头也是推辞了很长时间，才有一个深沉的男声说：“是小怡吗？”

她脸上一烫，世上只有一个人叫她“小怡”。电话那边又说了好些话，她却全然不知道在说些什么，直到电话传到了李伯伯那儿，她才逐渐回忆起来，刚刚强哥无外乎是劝她多出去走走、散散心，到底还年轻，日子还很长——看来他们刚聊到毛豆的事情。

放下电话不到一分钟，强哥就找父亲要了她的号码，发了短信过来。

窗外的天忽然黑下来，朔风呼呼地敲打着玻璃。樊怡心想，要下雨了，得赶紧把柯宏志的内裤收进屋。一个迟疑，雨点已经打上了窗户，来不及了，她颓然下来：索性就让它淋着雨。她想，她的人生就像这条晾在铁丝上的内裤，刚晾干就被打湿，然后再被晾干，就这样脏下去。

在脏得彻底救不起来以前，她总要试一试。

下了飞机，就收到强哥的短信。说他的飞机延误了几个小时，要她自己先去办入住。

那是三亚的一家中高档的海景酒店，是樊怡选的。虽然贵了一点儿，但楼下就是海滩，非常受欢迎。她希望自己看起来像一个游客，而不是一个追求爱情的疯女人。

樊怡向前台报出自己名字的时候，她忽然意识到，自己从来没有单独住过酒店，她大学还没毕业就嫁给了柯宏志，从一个家庭跳入另外一个家庭。柯宏志有着这个时代稀缺的君子风度——保护女人，使自己的女人免于与世人打交道。她忽然有种巨大的不安：她连偷情需要拥有的成熟、独立都不具备。

樊怡在酒店房间里，百无聊赖地把房间的设施摆弄了一遍。忽然看到落地镜中的自己，吓了一跳：脸上瘦出了一条条憔悴的纹路，汗湿的头发和T恤紧紧贴着头皮和身体，看起来像一只落水狗。她婚后从来没有在乎过自己的外表，一方面是因为自信：柯宏志长得丑，因此她总觉得自己是“娇妻”的角色；另一方面，她厌弃身边已婚女友们的自我修饰，觉得那是出于绝望的徒劳。而当她面对着镜子，她不得不接受把自己降到和她们一样的高度。

她抓起钱包就出了门，在购物中心买了一条酒红色的薄纱长裙，然后把自己身上的T恤和运动长裤直接丢到了垃圾桶里。然后进了一家发廊。金发紧身裤的年轻发型师拨弄着她的头发，不停地抱怨她的前任发型师的不负责任为他的工作造成的困难，并不断提出补救方案：“姐，我觉得我们还是得做个造型……姐，我把你这边削薄一点儿，一下子就俏了十岁……姐，我觉得我们还是得做个护理……”

他时而惊喜活泼，时而忧虑万分，时而语重心长，时而肝胆相照，把人搞得眼花缭乱。樊怡木木地说：“都听你的。”

剪发的时间远远超过她的计划，强哥已经到酒店了，发了好几条短信问她在哪里。而樊怡则被判了在这张转椅上服无期徒刑，开始她还焦虑地催促，后来就完全放弃抵抗。

幸而剪出来结果异常好看，短发在阳光下是金黄的栗色，连发型师都被自己的成功惊讶了，说：“姐，你真漂亮。姐，你过来，我跟你合个影儿。”

樊怡顶着轻了好几斤的头，走在回酒店的路上，心里也轻松了不少。她经过一条沿海的步行道，相隔二十米的椰子树下，每棵都有一对夫妻照婚纱照。新郎色彩鲜艳的背心在身上缠得紧紧的，新娘脸上的妆正在融化，摄影助理指导着他们的身体动作：“新郎再撅屁股，撅，撅，再撅……”

樊怡饶有兴致地看了一会儿，心想，这些夫妻在大庭广众之下遭受如此的罪，难免会有些患难与共的彼此怜惜吧。

强哥在催促了，温和，但是已然不耐烦。她深吸一口气，进了酒店的电梯。

## 五

到了三亚，柯宏志没有急着给朱晓阳打电话，而是找到一家大百货公司买了两罐啤酒、一瓶红酒，给自己买了一个电动刮胡刀、一盒内裤，又在一层的化妆品柜台给朱晓阳买了一支樱桃粉的唇膏。

他在步行回酒店的路上，看到一个和自己年纪相仿的中年男子在路边卖花的摊位挑选玫瑰花，男子腰间的皮带上有个闪亮的“H”字母。

那一刻，柯宏志甚至原谅了暴发户的着装品位。全世界都在谈恋爱，他想。

他再也沉不住气，给朱晓阳打了电话：“你在三亚吗？”

朱晓阳在那边亲热而天真地说：“是啊，好不容易休年假。你又不过来陪我。”

柯宏志沉默了半秒钟，声音中按捺不住笑意：“我过来了呀。”

“来哪里？来三亚？”

柯宏志大声说：“是的！我私奔了！”

电话那头的沉默让他以为电话已经挂线了。过了好一会儿，朱晓阳带着讽刺的语调说：“不会是因为我吧？”

柯宏志只觉得一桶冰水缓缓地从头浇到脚，声音也降了些温度：“是啊，是你说我从来没有为我们的感情努力过，我总得努力一回。”

“我这只是一个比喻……唉，你怎么不和我商量一下呢？你就像两个人说好了一起爬山，结果到了山顶，你说我们其实是来殉情的，然后扑通一声自己跳下去了，你说我是跳还是不跳呢？”

柯宏志冷笑道：“你不想跳就别跳。”

朱晓阳在电话那头几乎要哭出来：“你别这样，就是太突然了，我还没准备好。你先回家吧。我们回去再商量好吗？”

柯宏志说：“我离开的时候给家里留了封信，回不去了。”

朱晓阳提高了音量：“你怎么能这么鲁莽呢？你这样我也不敢和你

好啊。你回去求嫂子，她一定会要你的，那么多年的夫妻了。你让我跟她说……”她声音越来越小。过了一会儿，她说，“你哭了吗？”

柯宏志的抽泣和哽咽夹杂在一起，发出一种类似于打嗝的奇异声音。他压住喉头的异动，冷静地说：“告诉我一个答案，你不愿意和我私奔了？”

朱晓阳说：“你不要再说‘私奔’这个词了，我听着就想笑。”过了一会儿，像下了很大的决心，用公事公办的口气说，“不会，我觉得这样非常不理智。”

柯宏志挂了电话，站在马路上，拎着一个塑料袋，宛若在大海中央，不知道自己来自何处，更不知道该往哪儿去。

他的身边有一对对新婚的夫妻靠着椰子树照相，累了整整一天依然要在泰坦尼克号造型和恭喜发财造型之间自由切换，摆出恩爱的表情。柯宏志想：这不是两个人关系屈辱的结束，而是屈辱的开始。

柯宏志很庆幸自己的酒量不好，他在酒店把所有的红酒和啤酒喝完之后，就醉得不省人事。醒来的时候是凌晨三点，他是被隔壁一对男女的折腾吵醒的。

虽然声音并不真切，可是那种恣意淫乱的氛围却异常真切。

他恨隔壁毫无公德心的人；他恨在隔音墙上偷工减料的酒店；他恨领导老王对自己的管束和压榨；他恨收了自己十万块钱，却没有按照约定把毛豆塞进公立小学的骗子；他恨这个不公平的世界；他恨人们对他人悲惨的故事堵住耳朵。

隔壁男女愈演愈烈，柯宏志心里忽然有种奇怪的感受，觉得被压在一个男人身下的是朱晓阳。

他脑海中浮现出认识朱晓阳以后的种种画面：她和某个报社领导早上一同出现在办公室；她甜甜地挽着某个采访对象的手，把菜喂到他嘴边；她在某个雨天的背影，陌生的男人为她撑着伞，搂着她的腰。

柯宏志的心又焦灼起来，觉得整个房间都是她的体味，下身也胀得生疼，仿佛正被她的手抚弄着。他又拨通了朱晓阳的电话，挂断，再拨，再挂断，再拨，终于接通了。此时，他具体说了什么已经毫无印象，只记得她在电话那头不断抚慰："我们还做最好的爱人好不好……再过几年，我要是还没结婚，就嫁给你……永远最爱你……"

他听得简直忍不住发笑——和自己应付毛豆无理取闹的时候如出一辙，真心真意的虚伪。

听到他的笑声，朱晓阳以为他发了神经病，吓得挂了电话。

柯宏志躺在床上，听到海浪的声音。床似乎也是软的，随着波涛而起伏。毛豆是溺死的，身上有淡粉色的斑点，指甲缝里还有泥沙，大概在水里抓着什么就是什么。他去吻毛豆的额头，冰凉彻骨，寒冷就由嘴唇进入他的身体，永远驻留下来，带走了所有的快乐。

柯宏志忽然想回家了，他逃避了一年的家。他想在毛豆的床上躺一躺，把毛豆的衣服都盖在自己身上，跟儿子的气味多待一会儿，哪怕一秒钟，因为那是这个世界上唯一能够带给他温暖的东西。

他忽然发现自己理解了樊怡。他不愿意听到别人谈到毛豆，她却非常喜欢听，每次都全神贯注地听着。一个人的时候，她则苦守着毛豆的旧物，企图召唤一个灵魂。

他听到一个凄厉的哭声，他原本以为是自己又哭出了声，后来发现是隔壁的房间，那女人开始哭泣，他一定是太想回家，才会觉得这个哭声如此像樊怡。

## 六

睁开眼睛之后，樊怡看到的第一件事物是床边沙发上“H”标志的皮带扣，裤子压在玫瑰花上，压塌了花瓣。

她刚刚差点儿也被强哥压塌，他像孟加拉虎一样噬肉地扑向她，粗糙有力的手压住她的肋骨。樊怡全程保持着一种接近冷静的被动，而这种被动愈发激发他的进攻性。

在结束之后，樊怡觉得自己并没有什么快意，然而，强哥如饱食之后的餍足却令她感到满意，甚至快乐。

强哥点了一支烟，她下意识地咳嗽了一声，他说：“你老公不抽烟？”

她说：“不抽。”

说完之后，她又有些惴惴不安，似乎自己在借赞扬老公而贬低他，又追加道：“不过他毛病更多。”

“比如什么？”强哥饶有兴致地追问。

樊怡发现，浮现在脑海中的全是柯宏志体贴的妥协，比如他戒烟、每天做早饭、选择礼物时高超的审美。

她想了想，说："毛豆死之后……"这几个字犹如推开了一扇通往黑暗的大门，她也不知道自己能否全身而退。

她继续说："毛豆死之后，他有一次对我说，应该有人赔偿我们。我问该怎么赔偿，他说比如人的平均寿命是70岁，毛豆活到6岁，就用年平均收入乘以中间差的64岁，这个钱，是毛豆本来可以给这个家里带来的钱，这钱应该有人赔给我们，你说他是不是异想天开？"

她挖出自己隐藏最深的伤口，再浇上滚烫的水，试验是否依然有万箭穿心般的疼痛。

强哥却自顾自地说："我前妻也是个疯子，养了条狗，宝贝得跟什么似的，后来狗跑了，她悬赏十万块去找。后来，她跑了，我根本没想去找，一分钱都不花。"

樊怡觉得有些寒意，把被子裹得紧了一些。

强哥继续说："就是这样一个人，你当初抛弃我，和他好。"

樊怡的记忆忽然恢复了，她与强哥并不是无疾而终。大学一年级的寒假，强哥一直盼着她回老家，她却和刚认识的柯宏志在东北玩了一冬天。站在街头吃黏豆包，冻得硬邦邦的，碰着牙齿有种结实的快感。她戴的棉手套不够暖，柯宏志把自己的皮手套借给她，在她脱掉手套的刹那迅速在她手背吻一下，像电影里的王子。然后套上他的手套，体温如电流一样从指尖传遍全身。

另一边，她依然与强哥每日通着电话。直到一年之后实在瞒不过去了，就打电话跟强哥分了手，把他寄过来的信、衣服和钱全部退了回去。强哥非常痛苦，也坐火车来学校找过她，她避之不见。后来终于被苦等几天的他堵住，当面又把电话里的话说了一遍。

“根本就是个错误。”她记得自己说。

一生从来没有那么残忍过，过了痛苦的纠结期，心多了一层角质层，像石头那样冷硬，竟然也有种角色扮演的快乐。

“你以为自己特别与众不同吧？”强哥冷笑道，原来他一直没有忘。他开始背诵她当年分手时说过的话，语气比她当年更冷。

樊怡说：“我求你，别说了。”

强哥说：“我当时就想，永远不要再见你，我在你身上浪费了那么多年，甚至分手之后，还有好几年，我他妈的都浪费掉了。”

樊怡说：“那是当时，现在……”

“现在怎么样？”强哥问。

樊怡发现自己说不出来什么，当时和现在毫无区别。

强哥把烟头捻灭，翻了个身，趴在她的身上，气息喷在她的脖颈。“现在怎么样？”他低声说，用一只手抓住她的两只手腕，如同他当年在台球室里做过的那样。她感到一片冰凉，听到“咔嚓”一声响，是手铐。强哥恶作剧般把她身上的被子掀开，她赤身裸体地暴露在冷空气下，却满额头都是汗。

他却下了床，穿上裤子，站在床边静静地看着她，目光就像腰间“H”的皮带扣一样冰凉，划过她的身体。

樊怡惊惧地扭动着身体，说：“快点儿拿钥匙打开！”

强哥不慌不忙地扣上所有衬衣的扣子，说：“别急。”然后打开电视，把音量调得很大。一个古装剧，女主角正在声嘶力竭地说："你滚！再也不要回来！"

然后，强哥起身，打开房门，离开了。走之前，他似乎回头看了一下，欣赏了一阵她恳求的表情。他的一系列动作在她的眼里像是慢动作，她还有些迷茫，似乎不知道发生了什么，直到听到门锁"咔嗒"一声落上，才彻底明白过来。

樊怡发疯一样扭动着身体，晃动着手臂。床头是一整块木板，晃动得再厉害，也只不过是一种沉闷而微小的响声。她大声地叫着："救命！"声音却湮没在电视的声浪里。她被锁在一张大床的正中央，吃力地踢翻床头柜上的台灯，却只在地毯上发出很小的响声。她用尽全身的力气去踢床头柜，声音同样小。

她累了，用仅存的力量号啕大哭。一系列的动作让她的四肢都麻木了，心跳和血液的流淌都变得很缓慢。她觉得自己不再处于人类的时间当中，而是被静止的水裹挟着，没有目的地。

电视剧里的女主角停止了哭泣，樊怡也停止了哭泣。

## 七

柯宏志回家的时候，他发现，自己写的那封信依然完好地放在粘住的信封里，他把信拆开：

怡：

我坐在阳台的地上给你写这封信，如果我的字变形了，这并不是出于痛苦或者情绪的激动，而是因为我把信纸放在了膝盖上。

我脚上穿的是几年前你为我买的拖鞋。我从来不喜欢这双拖鞋，因为它在地板上会发出吱吱的响声——就像现在，所以我只好出来给你写这封信。可是，这双鞋我一直穿着，因为它是你买的。

你睡着了。过去，我最喜欢梦中的你，梦中的你恬静而充满暖意。我依然记得我们第一次见面。那么多的巧合，我们出生在同一个小镇，又上了同一所大学，甚至我表妹婚礼的伴娘是你的表妹。可是，我们竟然从来没有见过，那些共同认识的人、街道、教室、楼梯的扶手，都没有早一点儿提醒我们相遇，缘分戏弄我们多年，就是为了让我们在最好的时间相遇。

我带你回我的宿舍，窗户开着，窗外有白色的夹竹桃。床板的声音非常响，你总是很小心，怕惊动楼下的人。我们笑一会儿，抱一会儿，哭一会儿。那时候我们的体液和眼泪都那么的纯洁和干净，就像早晨花瓣上的第一颗雨露。

在后来的每一天里，我都在想，那时的天为什么那么蓝？蓝得让人觉得大海就在步行可以去的不远处。那时候的人们，也那么天真，为了简单的理念，就可以去死。

“道不行，乘桴浮于海。”那时的我总是对你这样说，抱着你总容易产生各种悲壮的想法。我这样说，你就会更加抱紧我说：“无论如何，你还有我。”

怡，你撒谎了。不，我绝没有怪你的意思，因为我也撒谎了。道不行，可我仍然在乌七八糟的生活里挣扎苟活着，欺骗着自己，就像在做一个不会醒来的梦。

后来，我不得不醒来。因为毛豆没了。

是我去认的尸体，因为你没有那个胆量。我们之间的沟壑，是否就是从那天开始的呢？我看到了他死去的模样，而你没有，所以我相信他已经死了，而你不相信。是的，内心深处你从来不曾相信，不要提高音量和我争辩。我已经厌倦了争吵。

死亡证明是一张硬纸片，分别开给派出所和火葬场。我们的孩子活过的证据，最后就只有这一张小的纸片。

火葬的那天你也没去。我的父亲，毛豆的爷爷，生前唯一的要求就是不要火葬，后来找了一块风水很好的吉祥宝地埋着。几年后村里的地卖给了开发商，他的坟被刨了出来，我去移坟的时候，才发现棺木已经烂得不成样子，这估计是他没有预料到的。当时，我想，自己死的时候，就让毛豆把我火葬了，撒在海里。等有一天，你也死去，就到海里来找我。

我们都没有想到，毛豆会是先死的那个。

火葬的时候，焚化炉里突然砰地发出一声巨响，我吓了一跳，以为发生了什么事故，或者奇迹。结果工作人员说，每个人被焚烧的时候都这样，我非常失望。

怡，你厌恶我和你说这些吧？可是，请不要把这封信扔到一边，看完它，我恳求你。这是现在唯一能够和你交流的方式。

现在的你，依然在睡着，发出很重的呼吸。现在的我，已经不希望进入你的梦中。

毛豆不喜欢自己睡，总喜欢上床和我们挤。孩子这一点儿像你，有种阴郁的蛮横，一旦下定了决心，身子就像灌了千斤重的铅。后来，那团汗津津的、死沉的小小的肉没了，我们就再也睡不着了。你开始吃安眠药，吃得越来越多，我不敢睡熟，因为怕你在睡梦中死去。

你醒着的时候，满身盔甲地把自己完全封闭住，一点儿感情都渗透不进也不流出；睡着的时候，就变成了一片深不见底的沼泽，以慢得难以察觉的速度生长扩散，直到把我也慢慢吞没。

天已经有点儿亮了，我听到了远处的鸡激昂的打鸣声。你还记得吗？毛豆还在的时候，我们最喜欢在楼下的空地玩"老鹰抓小鸡"的游戏，我之前也不知道，这个游戏竟然也可以三个人玩，一个坏人，一个保护者，一个弱者，不断变化着身份。

现在，毛豆不在了，我们失去了保护者。只剩下一个坏人，一个弱者。我们交换身份，彼此折磨。

我不敢当面向你告别，因为我缺乏当年追求你时的勇气。或许我从来不曾拥有过勇气，是善良如你，给了我幻觉。我从来没有喜欢过我，可我喜欢通过你的眼睛审视的我，一个正直、智慧的人。现在，这个人在你的眼睛里已经死掉了。

我写到这里，发现我连在信里向你告别的勇气都没有。可我要走了，永远离开。

我多希望这是一封没有尽头的长信，可我的信纸已经写到了结尾。最后，我不知道我这样的一个男人，在这样的情况下，是否有资格说：我爱你，我曾经爱你，我仍然爱你，我将永远爱你。

柯宏志拿着这封信走到了厨房里。他打开燃气炉，第一次没有成功，又打了一次火，才出现了蓝色的火焰，他把这封信放在火上，信是从结尾开始燃烧的。

他把信纸放在水槽里，让它自我消灭，然后在锅里装了一半的水，等着水烧开。

他要给自己下一碗面，然后一边吃面，一边等着樊怡归来。

“就打算这样跟别人斗一辈子。我身边这样的人有很多，他们被自己的美德所折磨，对生活倍感绝望，因为他们生命中最美好的青春年华都耗在批评指责他人的种种恶行，然而他们却没有机会施展自己的抱负。他们的生活索然无味，只能靠幻想自己也能像当权者一样滥用权力聊以慰藉。”

我知道一些人，失去了事业或亲人后徒然发现自己一直以来都在毫无意义的真空中生活，他们做的许多事终究是对真空下的窒息做无望的对抗。

# 青岛 · 爸爸

怀念，就是任由生活中的那个窟窿敞着，永远不愿意补上。

# 一

这是一座以中部地区交通枢纽而著称的城市，火车站却是今年才刚刚整修过。正面庄严宏伟，如花岗岩宫殿。阳光穿透半圆形的窗户，照在大理石地板上，光芒反射，为奔赴在生生灭灭每一天的人们脸上增添了一些喜悦。

少女朱晓光混杂在火车站出口等着接人的人群中。贴身的大红毛衣穿在她身上并不土气，胸部漫不经心地隆起，像是一颗浑圆的火柴头，在每一个路人心里的沟壑表面摩擦着，点燃一团小小的火焰。

晓光很白，眼睛是琥珀色的。她的爷爷是太奶奶和一个英国人所生，英国人抛弃了怀孕的太奶奶，然后太奶奶才嫁给了太爷爷。这一股无情而诡异的异国血液，在家族里沉寂了近百年之后，忽然在朱晓光的脸上显现。

朱晓光很厌恶别人打量她的脸，似乎他们在从她的五官中探索着多年前这一桩不光彩的桃色绯闻。然而，人们还是爱用余光打量她，尤其在这样等待列车到达的无聊时刻。

姐姐多次预告要坐飞机回来，结果临行前一天，说还是要坐火车。“现在的飞机，简直没有点。你们没坐过飞机，不知道……”姐姐在电话里解释得上气不接下气，然而晓光和母亲都知道，飞机再晚点也比十几个小时的火车省时，还是省钱的缘故。

“给家里人显摆什么？”晓光有点儿气闷，抱怨道。

“你姐姐也不容易。”母亲依然笑眯眯的。这一个月以来，母亲的脾气好了很多，不仅不再发脾气，还主动替一切值得和不值得被原谅的人找借口。因为不喝酒了，胖了一些，老熟人都很惊讶母亲长得越来越像观音。

虽然对姐姐有怨气，但真的在人群中看到她的时候，朱晓光还是抑制不住脸上的笑容。姐姐冲上来抱住她，她把脸埋在姐姐上衣领子柔软的人造毛里，眼眶有些湿润，像劫后重逢的感慨。

“这么瘦啦？九十斤有没有？”姐姐捏着她的胳膊，问道。

“现在还胖了一些，半年前瘦得只有八十斤。”

“我高三的时候胖了十几斤，你倒是瘦了。老实交代，是不是谈恋爱了？”姐姐笑着问。朱晓光心里只有个模糊的影子，犹豫了一下，摇了摇头。

姐姐说：“你得吃胖点，要考声乐的，你看外国那些唱美声的女人都肥成什么了，胸那么大。”

朱晓光不语。她觉得姐姐也变了，说话的表情和动作都夸张了很多，像是刻意要做出洒脱的样子来，她不知道是不是去过大城市的人都会变成这样。

姐姐样子也不一样了。她不同于朱晓光的高挑显眼，是小巧的类型，心形小脸，厚厚的花瓣一样的唇形，眼睛不笑也是月牙一样弯着。如今却像是故意要把眼睛笑弯，有了半圈勉强出来的皱纹。

无暇去分析姐姐的端倪，少女朱晓光有自己的心事。

一进单元楼，就看到两面相向的墙上都贴了“囍”字，旁边是“疏通下水道”和“公安局备案开锁”的油漆喷字。

家在四楼，防盗门上也贴了大红“囍”字，姐姐看到，忍不住轻轻地“哟”了一声，这一声本来毫无意义，在朱晓光听起来却像是嘲笑。

母亲来开门。“胖了！”母亲看着姐姐，叫道。

姐姐脸色有些尴尬，随即撒娇道：“天天在外面吃饭，能不胖吗？我带了礼物，拿给你看。”引开话题，身子也旋转着跳舞一样轻快地进了屋，打开行李箱。母亲孩子似的蹲在行李箱旁边，快乐地发怔，朱晓光知道她的快乐并不是因为期待着礼物。

“哎呀，火还没关。”母亲猛地起身，冲进了厨房。她最近总是这样，慌张地乱了章法。

“张叔呢？”朱晓光对着厨房曼声喊道，直至今日，朱晓光仍然叫不出“爸爸”两个字，幸而母亲虽然和他领了证，但还没有正式生活在一起，所以母亲也没有和她计较。

母亲的背影一僵，说：“说结婚前一天不能见新娘，运气不好，我让他回去了。”说到“新娘”这两个字的时候，母亲犹豫了一下，自己也有些羞，然而并没有找到更恰当的字眼。

“他们认识多久，一个月？进展也太快了。”姐姐从行李箱往外拿带回来的礼物，低声对朱晓光说。

姐姐看到晓光的脸一下子阴沉下来，以为是自己在她心里投射下了不祥的阴影，连忙笑道："不过妈开心就好，对吧？"环顾一下逼仄的房子，姐姐又嘲讽地笑道，"退一万步说，他真要是个骗子，能骗到什么呢？钱，还是人？"

母女三人久违地坐在一起吃饭。母女到了一定的阶段，就丧失了年龄与身份，全成了姐妹，为同为女人的命运同舟共济。

姐姐向母亲打听明天婚礼的布置，不时做出精明的样子批评几处过度的铺张。母亲也含羞听着，一粒粒夹着米饭吃。红烧带鱼的汤汁配米饭是母亲最喜欢的，原来都是碗底朝天用筷子咔咔作响地扫进嘴里，如今也学会了安静地吃饭，不知道是否是为了张叔而改变了习惯。

"你还做了烤瓷牙！"姐姐忽然对着母亲惊呼道。

一桌子女人，谈论着明天要进行的大事，却都回避着那个事件中心的男人，不免太奇怪。母亲意识到，鼓足了勇气，指着朱晓光说："是她张……是她爸花钱给我做的。"

朱晓光重重地把碗往桌子上一摔，转身跑进了卧室，摔上了门。坐在卧室的床上，柔软的床垫像是大海一样漂浮不定，要抓着床栏才不至于沉下去，晓光发现自己的下颌在不受控制地颤抖，是五脏六腑震动的余震。

姐姐打开一线门，溜进卧室。虽然她很快合上了门，可晓光还是听到母亲低声的啜泣。

姐姐站在黑处，审视了一会儿朱晓光，仿佛在评估她痛苦的程度，然后才走上前默默地把朱晓光的头拥在怀里。晓光感到自己的身体软了下来。

过了好几分钟，晓光羞涩地挣脱开姐姐的拥抱。

晓光正对着姐姐摇晃的胸部，她看到一粒闪亮的兔子形状胸针，忍不住用手拨弄："真好看。"

姐姐取下来，毫不在意地往桌上一扔："粉碧玺，值不了多少钱，给你了。"

朱晓光猜出这可能是男人送姐姐的礼物，这背后多半有她不愿知道的故事，说："我不要。"

姐姐笑道："哪个女人一生还没几个冤大头，你就当这是一个开始吧。"

朱晓光厌恶姐姐话中的暗示，说："坏女人才是。"

姐姐想来起小时候一起看电影，出现一个人，妹妹就赶紧问自己："这个人是好人还是坏人？"必须得到答案，妹妹才能安心去看接下来的情节。

成年人把笃定的判断当作伴随青春期的某种病征——如同发痘一样，长大了就渐渐好了。然而，青年人看着妥协了的成年人，也是一样的悲悯与鄙夷，他们相信，自己对于生活的道德以及真理看得更清楚。

"看你十年之后会不会还这样说。"姐姐笑道。

朱晓光站起来已经比姐姐还高，眼里精光四射。姐姐环顾了一下这个房间，桌子上放着课本和藤条笔筒，窗台上放着一个乙字式小台灯。床上罩着天蓝色的绸套子，枕边一只孤零零的驴子毛绒玩具。原来姐妹俩共用的卧室，如今已经只剩一个人的痕迹。

姐姐忽然明白了朱晓光的怨恨：自己在这个家庭最寒碜、最伶仃的时候离开，抛弃酗酒的母亲和年幼的妹妹。她是生活的逃兵。

“你参加完婚礼又要走。”朱晓光闷闷地说。

姐姐挤出一个笑容：“不是还有张叔吗？以后咱们家的日子就好过了。”

张叔，朱晓光想到这个名字，止住的泪水又流了下来。她想告诉姐姐一切，那荒诞的、可耻的、懊恼的、无法挽回的一切。

## 二

在过去的日子里，朱晓光一直以为厄运来临之前，命运会给予警示。比如一场罕见的日食，让世界全部黑暗下来，以便重新启动；抑或是一场沙尘暴，天地昏黄；哪怕是一场暴雨也好，天幕撕开一个狞笑的口子，宣告着来日的大难。

然而，朱晓光厄运开始的那天下午，却没有任何提示。那是持续了一周的好天气，云跑得格外快。

朱晓光刚刚结束声乐练习。

她的老师是全校仅存的音乐老师。音乐课在高考的压力下早就成了课程表上名存实亡的存在，音乐老师唯一的工作也只是指挥大家的

“八荣八耻”大合唱。她因此乐得义务为朱晓光培训声乐，让这个如月光一样的少女装点自己的生活。

音乐老师在朱晓光的眼里也是美的，这或许是因为她是晓光生活中唯一尽力维持体面品相的中年妇女，梳一个光滑的发髻，总是穿着长连衣裙，起风的时候，会在外面罩上一块砖红色的披肩，和中跟的皮鞋一个颜色。

她陪着朱晓光走过长廊，又在教室门口叮嘱了她饮食上的注意，才分别。回到教室，几个女生抬头，轻飘飘地看了她一眼，朱晓光知道，不是因为自己的长相，而是因为她的声乐特长可以高考加分，这种竞争机制之激烈，让每个人的目光都可以投毒。

座位前排的女生转过身，趴在朱晓光的桌子上，问：“音乐老师是不是割过双眼皮？”

音乐老师的确有双大而凸起的眼睛，嵌在圆脸上像两个玻璃按钮。朱晓光反驳道：“才没有，我看过她年轻时候的照片。她是剧团的台柱子。”

音乐老师名字也美，叫叶莺。后来，夜莺成了标本，放在没有人去的博物馆，静静地落着灰。

女同学有些不服气，继续说：“那你知道她老公为什么要和她离婚吗？”

朱晓光摇摇头，女同学得意地说：“因为她乱搞。”最后两个字说得异常轻。晓光的脸突然红了，她想到不久前的一天，她提前到了练声的教室，看到了墙角里一床米白色的凌乱的被子，旁边散落着几团卫生纸。这是她对那两个字的全部理解，她无法把那些和头发一丝不苟的音乐老师联系起来。

“你别造谣了！”朱晓光厉声说道。

“自己看。”女同学递过手机，上面的确是音乐老师的照片，底下却是英文名字，年龄也比她实际年龄小了十岁。仔细看，照片似乎也是十年前的。

“什么意思？”朱晓光问道。

女同学“噗”的一声笑了：“少装了。你难道没用过？打开这里，就能够搜索附近在用这个软件的人，寂寞男女求乱搞。”

第二次听到这个刺耳的词语，朱晓光发现自己的心跳平缓了些，可半边耳朵都可耻地红了。女同学向朱晓光索要手机，她有些迟疑地从抽屉里掏出来，这是她的姐姐离家工作前淘汰了的，当时是花了高价，彼时号称“薄锐机身”，此时却显得厚重笨拙。交给晓光的时候，屏幕已经碎了一角，从来没有修过，晓光也不大用它，只是喜欢摩擦着它的时候感受如同陶瓷一样细腻的触感。

“你别弄坏了，容易死机。”晓光红着脸提醒。

看着女同学捣鼓手机的背影，晓光忽然生出不安来。“快还给我。”她低声地说道，“还给我啊！”最后要起身抓住女同学身后的衣服。

恰好响起了上课铃。“谁稀罕你的破手机。”女同学不耐烦地把手机扔给她，朱晓光匆忙把它塞进抽屉里。

上课的时候，抽屉不断地震动，朱晓光终于忍受不了神经的细线被牵引着，趴在桌上，偷偷把手机页面拿出来看，是女同学帮她装上的软件界面。一个叫作“魅力无穷”的人不断发来消息：

“在？”

“在吗？”

“你多大？”

“你叫什么？”

“聊十块钱的吧？”

“还在上学？”

朱晓光按动着手机键盘，它在黑暗中亮起一种漂亮的冷光蓝：“滚。”

手机如陨石一样沉默了几分钟，对方才再发来消息：“市一中的？”

朱晓光在游乐场里坐过一个大转轮，人被高高悬在空中，然后瞬间被甩下，失重。此刻，她体会到了一种自由落体的恐惧。女同学为她设置的资料里，上传了一张晓光的照片。是晓光自己某天午休时在课桌前拍的，照片虽然只从她的下巴到桌面，却可以从她的胸牌清楚地看到学校和学号。

“给我看看你的照片。”手机另一端的陌生人说，又加了一个垂涎欲滴的表情。

“我先看看你的。”朱晓光奇异地镇定下来，她能感到自己的大脑一下子变得敏锐和清醒，这是一场博弈，而她能看见最终的赢面，对方的棋子全部被围住，在角落求饶。

手机这回沉默了十几分钟才再次响起来。

一张照片，照片里的人正对着镜头，手机拿的位置略微朝下，他稍微低下头，脖子与衬衣之间的褶皱透露出他并不年轻，他是那种十几年前被称为“精神的小伙子”的男人，浓眉大眼，只是如今眼睛里的精光没有了，被隐藏在了眼底的浮肿之中。

自己的敌人不再是个暗处的身影，而是一个真实的愚钝的中年人。朱晓光略略放了心：“你是干吗的？”

“以前当兵的。”

“你喜欢什么类型的？”

“我看起来是不是比较老？是心比较老了，呵呵。”

“你已经看到我了，给我看看你的照片吧。”

“魅力无穷”不断地传来消息，照片里的人毫无光彩的眼里似乎流露出焦急的神经质。

朱晓光脑子里冒出一个邪恶的计划。她只用了三分钟的时间，就轻松地实施了这个计划，把“魅力无穷”抛在脑后，而“魅力无穷”并没有忘记她。

## 三

第二天上午考英语，考到一半下起了雨，雨下得无声无息，教室里的人毫无察觉，只有教室外的一棵树忍耐着。一场秋雨一场凉，冬天快到了，树退回到树心深处，把生命消耗减少到最低限度，等待着冬天快点到来，快点结束。

朱晓光提前交了卷子，走出教室。看到孙天奇拿着伞等她，心里一暖。

孙天奇长得很高，大骨架，脸却有些女相。朱晓光老是笑他像个丑女：黑皮肤、丹凤眼、厚嘴唇，总是欲言又止的样子。那样高大的人却总是露出羞赧和稚气的笑来。

两人在树下走着，伞的顶端摩擦着树叶，发出沙沙的响声。她的毛衣和他的冲锋衣也摩擦着，摩擦出一股静谧的暖流。校园很少这么安静过，时光像是在另外的空间里流淌，她觉得他也是她臆想出来的。

起了一阵风，把她的头发吹到身旁人的肩膀上，她觉得自己有满腔的话要说，因此什么都不必说。

迎面走过来一个人，朱晓光的心被温柔的风和雨填得满满的，瞟了一眼，并未在意。脚步向前挪了两三步，心思才跟上，一股寒意从脚底升上来，那方形的黝黑的脸，直愣愣地盯着前方的神情，还有黑色皮衣里露出的蓝白格的衬衣领子都那么熟悉，是“魅力无穷”！

“快点走。”朱晓光握住伞柄，伞压得低低的，把两人都遮住，快步从那人身边通过。她松了一口气。

两人第一次见面，是在当天下午。

“朱晓光，你叔叔找你。”课上了一半，老师把朱晓光叫出教室。她上学以来，没有一个亲属来看过她，她从不通知母亲去参加家长会，宁愿牺牲掉老师当着所有家长嘉奖自己的虚荣，也不愿其他人见到母亲的醉态。同时，享受着同学们流传的对她的身世的传奇猜测，同学们第一次听说有亲戚来看她，教室里有了小小的骚动，朱晓光在众人的注视下走出门。

是“魅力无穷”，他站在楼廊里，扶着褪色的惨绿色栏杆。

朱晓光第一反应是逃，可他已经一眼认出了她，堵住道路，问：“你为什么要把我的照片和聊天记录放在网上？”

在所有的问题里，“为什么”最没有意义。为什么爱？为什么不爱？为什么怨？为什么离开？因为人是人。

朱晓光沉默着。

“你知不知道你把我害得有多惨？你知不知道我老婆都看到了，吵着跟我离婚？”

“知不知道”，又一个毫无意义的问题。

任何一个有智慧的成年人，此刻都会告诉她：事已至此，沉默是她最好的武器。然而，朱晓光只是一个还没有成年的少女，她抬头，第一次正眼看了眼前这个男人，之前的恐惧让她一直以为这是一个高大的男人，实际他的个子与自己一般高，眼里充满了宣告一夜未睡的红血丝。

“你想让我怎么样？”朱晓光也问了一个愚蠢的问题。少女的声音撞击着栏杆，发出清脆的回响，在这雨天里有股青草的味道，男人第一次听到这个醉人的声音，有片刻的失神。

“我删了还不行吗？”她继续说。

“没用了，不该看到的人全都看到了。”男人不再焦躁，慢慢地说。

“那你告诉我，我该怎么办？”少女朱晓光一手抓着栏杆，挺直了身体。教室里的人都好奇地趴在窗户上看他们，他们是否相信这是她的叔叔？他们的身体语言是否过于紧张？孙天奇是否也在看着？她手心出了一层汗。

眼前的人，额头上有一道极深的纹路，这是他前几十年在生命的泥淖中打滚时获得的唯一勋章，嘉奖他的执着、执拗和顽固。他从未投降过，他对生命的理解，就是把它简化为敌我关系，一个敌人，狭路相逢，你死或者我死，人生才能够继续。

在第一次无效的对峙之后，朱晓光也隐约感觉到这事并没有结束。她对老师说：“这人不是我的叔叔，是个坏人。”

“什么样的坏人？”年轻的女老师一下子紧张起来，瞬间为自己的轻率而愧疚。

“是高利贷讨债的。”朱晓光随口说了前段时间在电影里看来的情节。

“他没怎么你吧？”年轻的女老师第一次带毕业班，第一次当班主任，被那帮高大的、散发着汗味的男生欺负得厉害，一转身就被粉笔头投掷在背上，从此再也不敢穿深颜色的衣服，幻想中的“爱的教育”早就被现实消耗殆尽。看着眼前这个苍白的少女、优等生、文艺骨干，班主任想到了电影里出现过的各种残酷情节，想到她可能因为自己的疏忽而遭受到的伤害，太阳穴一下子胀痛起来。

“还没有，能不能告诉保安，不要让这个人进学校？”朱晓光询问。老师忙不迭地答应。

朱晓光第二天就随着音乐老师去外地演出了，毕竟年轻，很快就完全沉浸在掌声中。不只是掌声，还有演出的衣服，一套套从婚纱店里租来的礼服，雪纺、乔其纱，都是粉红和象牙白，一层层如奶油蛋糕一样把朱晓光淹没。

她告诉自己，已经全然忘记了临行前的这出闹剧。当沐浴在舞台灯光里，她就真的似乎全部忘记了。

一周之后演出结束，她没回学校，直接回家了。她知道自己短时间内很难回到那个充斥着各种体味的教室，课桌横七竖八地摆着，每一张桌面上的书与试卷都堆得高高的。还有声音，年轻的身体在长时间的脑力劳动之后，肠胃蠕动发出的哀鸣。她偷偷撕开一袋零食，老鼠一样小声地咀嚼着膨化食品。她无法再适应那种肉体和心灵的双重饥饿。

打开家门，最先看到的却不是母亲，而是另外一张脸，一张几乎让她以为自己出现了幻觉的脸，一定是恐惧在她眼前搁置了某种视觉的屏障，让她看到的成年男子都戴上了那张脸的面具。

"这是你张叔。"母亲的声音仿佛从万里之外的云上传来。原来他姓张。

真正的战栗，从三人坐在同一张桌子上吃饭时开始。她仔细搜索着"张叔"的脸，拿每个细微之处去和自己第一次在手机屏幕上看到的那张照片核对。就是他，"魅力无穷"。

母亲处于一种亢奋状态，这种亢奋，是在女儿面前掩饰老来陷入恋爱的窘，也是在张叔——这个恋爱对象面前掩饰自己的本相，显示妩媚出色的一面。两边都要装，话就变得没完没了。

朱晓光从母亲混乱的浪漫叙述之中，大概厘清了他们认识的来龙去脉。某个傍晚，母亲下楼梯的时候崴了脚，刚好碰到了姓张的。“你张叔刚好来找人。”这一点上，他倒是没有撒谎。姓张的带母亲去医院，没有伤到骨头，可也折腾到了晚上，母亲请姓张的吃了饭。“没想到你张叔也是一个人。”母亲说到这句时，飞快地含糊过去。

母亲太投入自己的叙述，也太紧张女儿与新男友的审视，此刻心里只想着自己，没有留意到朱晓光和姓张的之间古怪的气氛，姓张的一直低头不语，回避着晓光的眼神。

“你林阿姨不是去学过算命吗，她看了我俩的生辰八字，也说配，有缘，夫妻的缘分。因缘因缘，因在前，缘在后。之前那么多苦没白吃。”母亲说着，竟然有些哽咽。

朱晓光盯住自己交叉放在餐桌上的手，演出的红指甲还没有卸掉，鲜红得像要索了命一样刺眼。她用左手的指甲去抠右手的指甲油，指甲油凝结成了一张皮，在靠近肉的边缘卷起，就从那儿开始剥，剥不干净，红色仍像血的斑点一样。

朱晓光发现，认真地盯着这块厘米见方的指甲，把指甲油抠干净，仿佛成了人生中唯一重要的事情，所有的事物和声音都会消失。她盯着自己的指甲，不敢眨眼，仿佛想通过这一刻专注地为生活挖出缝隙，进入一个小小的世界，那个世界温暖、正常，一切都可以挽回。

## 四

凌晨两点，朱晓光依然醒着。还有几个小时，她就要起床帮母亲做婚礼前的准备了。据母亲说，她和她们的爸爸——旧爸爸没有办过婚礼，因此这回即便是二婚也要操办。母亲向全家宣布，自己要享受一个新娘的全部任性。

母亲的卧室在一墙之隔的隔壁，朱晓光知道只有母亲一人，却始终觉得能听到姓张的鼾声，一抽一放，发出一股细细的声音，如同从地底的幽冥之界传出。

她听到姐姐在上铺连续翻了几个身，用脚向上捅了捅姐姐的床铺，问："还没睡着？"她最终也没告诉姐姐，自己早于母亲认识这个新郎。

半晌，才传来姐姐闷闷的声音："太久没睡这张床了，怕压垮。"

这张高低床，是朱晓光五岁的时候才搬进这个房间的，当时姐姐也才十二岁。朱晓光和姐姐同时想到这个房间原来的主人，一下都有些黯然。

"谁叫你现在吃得这么胖。"朱晓光发出轻快的声音。

"没想到妈真的要结婚了，她给我打电话的时候我吓了一跳，以为她是被什么团伙诈骗了。回来一看，还好，那个张叔看起来还怪老实。"

张叔名叫张大伟。朱晓光不语，有时，她也有种幻觉，觉得张大伟和母亲就是一对平常偶遇的中年男女。

“不过男女的事很难说，老实又有什么用，爸爸，我是说生咱俩的那个，不也很老实吗？”

闻言，朱晓光伸出双手去抚摩床头的墙壁，手指蹭了一层白灰，母亲为了迎接喜事，将所有的墙壁又粉刷了一遍。五岁之前，她都在墙壁的另一头，母亲的卧室。母亲的床很热闹，被子、床单上都开着花，粉色的枕巾上还有金线绣的两朵大牡丹。

而爸爸，旧爸爸，则睡在一墙之隔的小房间，因为没有窗户而阴黑，铁丝床上春夏秋冬只有一床薄被子，脏得都看不出颜色，床边是一个他从邻居搬家丢掉的家具里捡来的床头柜，桌脚高低不一，漆也掉了一半。爸爸有时候听到母女三人在墙壁另一头的玩笑话，发出闷闷的笑声，母亲就立刻垮了脸。

朱晓光从小对这种奇异的家庭关系觉得理所当然，是率先懂人事的姐姐有一次对母亲说：“别人都是爸爸和妈妈睡。”

母亲脸色一沉，说：“你爸爸有病。”

晓光不明就里，可一下子也被母亲语气中的憎恶感染得严肃起来。她是在很多年之后才知道爸爸得的是肝病，生病之后就没有工作，靠母亲在防疫站工作养着。

“真是苦了你妈哟。”亲戚们都这样说。

可到底是谁委屈了谁？朱晓光越是长大，就越觉得不能那么轻易地说。

爸爸原来还和她们一道吃饭；后来，就等她们吃过之后，自己一人吃，用单独的碗筷；再后来，爸爸就缩在自己房间里单开伙，他到底吃了什么，甚至到底吃了没有，就再没人知道，也没人关心。

“一股馊饭的味道。”每次经过爸爸的房门口，姐姐都用力地闻一下，这样说道。在对待爸爸的态度上，姐姐是和母亲一道的，拿他当一个笑话，当作自己所有不快乐的根源。晓光年纪小，觉得总是蜷缩着的父亲像一只受伤的饥饿的兽，她对他同情多过畏惧。

有一天吃早饭，爸爸忽然出现，精神很好，惨黄的脸上有了几分红润。他从他的床下拖出整整两大纸箱的饮料来，是那个环境里很奢侈的饮料。母亲很惊喜，脸上露出久违的笑容，甚至用胳膊肘亲热地撞了撞爸爸，问：“什么时候买的？”

爸爸不说话，只是笑，带着三分骄傲拿出两瓶递给姐妹俩。姐姐冷嗤一声，扭头就走到门口去穿鞋，晓光高高兴兴地拿了一瓶。

到了幼儿园，自然要向所有人炫耀：“我爸爸给我买了一万万瓶‘娃哈哈’，一辈子都喝不完。”

炫耀到了老师那里，老师凑近一看，迸发出大笑：“你这不是‘娃哈哈’，是‘娃哼哼’！是假冒伪劣产品！”老师笑得喘不过气，蹲下捂着肚子。很快，这个笑话就传遍了整个幼儿园。

放学一看到母亲，晓光就第一时间哭诉了这个惨绝人寰的灾难。母亲阴沉着脸，一回家就猛地推开爸爸房间的门，把塑料瓶砸在他身上。爸爸不太适应光亮，眯着眼睛，脸上还是恍惚的喜悦。朱晓光跟着母亲发了疯一样推打着爸爸：“都怪你！什么都干不好！你快去死啊！”真是恨，拳头都捶疼了也不觉得。

第二天，朱晓光就生了病，发烧请假在家。病一半也是出于心理作用——不愿意面对同学。

母亲去上班了，姐姐去上学了。屋里太静了，简直像是一汪浅水，把人封在里面。只有爸爸在墙壁另一边的呼吸异常清楚，一点一点，把她的房间填满。

爸爸轻轻地敲打着墙壁，一声声地乞求她的原谅。朱晓光用被子蒙住头，声音依然穿透棉絮，敲打着耳膜，她就在这闷闷的声音中睡着了。

醒来的时候不知昼夜。觉得黑，觉得渴，喊妈妈，没有人应。自己跑到厨房，踮着脚直接用嘴去接水龙头的水，忽然看到爸爸勾着腰出家门的背影一闪而过，如同一块布被风吹动。唯一真切的，是爸爸戴着一顶大红的帽子，帽檐周围露出一圈灰白的头发。

晓光躺回床上，心怦怦直跳。窗外传来自行车铃声，急促而冰冷，仿佛是用冰块贴住了骨头，她打了一个冷战。敲了敲墙壁，只有一片沉默。

“我小时候老在想，如果爸爸当初没出走、失踪，我们会是什么样。”在黑暗与寂静中，姐姐把晓光拽回现实。姐姐见过爸爸健康的时候，晓光见过爸爸、母亲和姐姐冬天在结了冰的湖上划船的照片，晓光很嫉妒。

爸爸走了之后，他房间里所有的东西被清扫一空，靠窗的地方放了一张高低床，姐妹俩搬进去住。母亲开始酗酒——放心大胆地垮下来，眼泡总是肿得睁不开，脸上出现了她们死去的姥姥酷似河马的相貌特征。

“你说，他现在是死是活呢？”姐姐继续自言自语，半天没有听到晓光的回应，认为她一定睡着了，可姐姐依然顽强地对着虚空说下去，因为这夜实在太长了。

“晓光你还记不记得，你小时候，大概六岁吧，有一阵老是跟我说，爸爸回来看你了，你还记得吗？”

朱晓光并没有睡着，她在黑暗中睁大了眼睛。她确切地记得，不，是确切地知道，爸爸曾经回来过。

那是一个晚上，如此时此刻。有月亮的晚上，总是很特别。月亮一动不动地在那里照耀了几千万年，见识过所有的奇迹与魔幻，月亮朝妥协于现实的人们露出深不可测的笑，说一切都有可能发生。

十几年前的月夜，有一只海龟爬过了窗台，爬过了竖直的墙壁，爬到了地板上，一动不动地停在那里。

海龟青黑色的壳上有一层金属般闪亮的光泽。头顶一圈红，如一顶帽子扣住脑袋，红色周边一圈细细的灰白。无论是它佝偻着的背、小心翼翼伸出的头颈，还是无声息的移动，看起来都异常熟悉。

是爸爸啊！朱晓光惊得捂住了嘴。

即使是作为一只海龟，它也太阴郁了一些，缓慢地在房间里移动着，就像是一个领主在检阅自己的土地。它在墙角停留的时间格外长，那里曾经因为爸爸烧饭而被熏得黑黄，如今粉刷一新，海龟歪着头，仿佛有些疑惑。

她光着脚跑到厕所拿了洗脚的塑料盆，悄悄地把海龟扣住，它一点儿反抗也没有，湿润的脸上甚至浮现出了诡异的笑容。

海龟，不，爸爸在第二天早上逃跑了，倒扣的脸盆翻了面，露出底部两只兔子的卡通图案，什么都像是没有发生过，连一粒小小的黑色粪便都没有。

之后的某一天，晓光在一本没有封面的杂志上读过一篇外国小说，一个男人在家中变成了一只甲虫。小说的后一半在下一本杂志中，她苦苦地等了一个月，才看到这个故事的后一半：甲虫死了，甩掉了甲虫之后，剩下的家庭成员在充满温暖阳光的车厢里，轻松地乘电车去郊外。

“爸爸，快点儿跑。”她在内心攥紧了拳头，说道。跑过草绿色沙发的底部，跑过被风吸在铁栏上的米黄色窗帘，跑过马路上川流不息的汽车的底盘，跑过一片长着荨麻和莠草的院落，跑过寸草不生的荒芜之地。

然后，在那里，爸爸在粗粝的石缝中缩着脖子，等待着下一次的归来。

## 五

“新娘是新郎胸口的朱砂痣，新郎是新娘的春闺梦里人。”婚礼的司仪攥紧了话筒，憋出低沉而性感的嗓音说道。

司仪是六千块钱两个小时，属于比较贵的，果然有文化。张大伟站在酒店大厅的舞台上，心里想。

“大家往舞台上看，新娘美丽动人，新郎魅力无穷，真是……风采不减当年！”司仪嘴里源源不断地涌出赞美词，就像魔术师从嘴里拉出系在一起的、长得没有尽头的彩色手帕。菜还没有上，所有人只能看着舞台，去长久地检视这一对不再年轻的新人。注视的人比被注视的人更尴尬，看得越仔细就越残忍。

张大伟在走神，他在想自己今天上午费尽心血组建的车队，租的、借的那些豪车，牌子让他想一想就激动。他简直希望自己不是在车上，而是在路边的人群中，崇拜、羡慕地看着车队经过。

原来的老婆从来不允许他有这些奢侈的花费，哼，那个婆娘管得多严。还是现在的好，就像找了一张好床，能安稳地睡到下辈子。

张大伟被朱红色的雕龙柱子包围着，胸前戴着一朵大红花，听到台下一片掌声，一下子回到了二十年前，他扣动狙击步枪的扳机，用尽全身力气射完了十发子弹，远远看去，只看到一个靶纸上一个弹眼，以为九发都脱了靶，在战友的掌声和哨声中，才知道打了满环。

他到第二次结婚的时候，才知道自己不是脱靶，而是打了满环。

“下面有请朱晓阳、朱晓光，两个姐妹花上台。”姐妹俩像是旧时代歌舞厅的戏子一样被要求上台表演，表演认爸的仪式。

朱晓阳说了一番很是感人的话，恭贺母亲的第二春。让台下和母亲同龄的女人流出了一点儿眼泪——既是感动的，也是感慨自己的命运不再有“下集”，朱晓阳甚至在司仪的安排下，拥抱了这个新爸爸。

“台下来点儿掌声好不好？”司仪惊喜于这样超水平的发挥，觉得台下的观众未免过于木讷。

台下的人如梦初醒般鼓起掌来，朱晓光从中认出几个熟面孔，是过去爸爸的同事，如今也来祝福新人，她内心有些凄然。爸爸离家出走之后，她再也没有喝过“娃哈哈”。怀念，就是任由生活中的那个窟窿敞着，永远不愿意补上。她也只能用这样荒唐的方式去记住爸爸。坐了满堂的人，只有她还愿意记住。

“姐姐说得没有妹妹唱得好，妹妹唱得没有姐姐说得好。妹妹朱晓光是我们歌唱界的明日之星，让她为这对新人送上一曲爱的赞歌，大家说好不好？”司仪带头鼓起掌来。

朱晓光站在众人期待的目光中，却什么话也说不出来，甚至没有朝向新人，只是那样直直地站着。幸而司仪见惯了这样尴尬的场面，在全场长达两三分钟的寂静之后，打圆场道：“看到姐姐给了爸爸一个深深的拥抱，妹妹是不是也应该来一个？”

朱晓光只好勉强地伸出双臂在张大伟的肩膀上轻轻环绕了一下。轻轻地触碰一下他周围的空气，就足以让她再次战栗。

从今晚开始，张大伟就要正式住进她们的家了，他原来也来过夜，可每次母亲都会提前告诉她：“你张叔晚上要过来商量点事。”母亲还把她当作小孩子哄。朱晓光就带着牙刷和换洗衣服，去音乐老师家睡，第二天早上直接上学。

只有一晚，朱晓光睡得早，母亲和张大伟回来的时候她不知道。

早上洗澡，厕所的门被张大伟打开，他慌忙退出去道歉。她锁上门，洗了很久很久的澡，不愿意出来。家里为了省钱没有装太阳能，用的是煤气灶，水不温不凉。为什么水不能再烫一点儿？朱晓光想。

这会是她未来的生活吗？每一天上厕所、洗澡的时候都会“无意中”被撞见，她卧室的门锁依然是好的吗？

朱晓光恍恍惚惚地走下了台，回到自己那桌坐下。

“吃点儿东西吧。”坐在她身边的孙天奇往她碗里夹了一块鱼肚子上的肉。母亲让她请同学来参加婚礼，好像根本不知道她多么耻于向同学展示自己的家庭生活。她只请了孙天奇，因为她希望在自己最不幸的一天，能看到一些让自己觉得幸福的事物。

“我昨天告白成功了。”孙天奇忽然凑近了，在她耳边轻声说道，又迅速移开脑袋。她差点儿以为是自己的幻觉。

“什么？”

“我昨天和……表白成功了。”晓光没有听清楚名字，他的这句话在脑海里重新播放了几遍，依旧没有听清。或许因为她不愿意知道，或许因为知道了也没有任何意义。

“那蛮好啊。”她说。

孙天奇又露出他惯常的害羞的微笑，说：“一定要帮我保密，我只告诉了你一个人。前几天我还在想，考不上同一所大学怎么办，我成绩又没有她好。后来觉得干脆一起出国，贵是贵点，不过昨天我爸已经同意一起把她弄出去了。”

“那蛮好啊。”朱晓光凭借着一股惯性，再次说道。

他是她不熟悉的样子，在她的印象里，他是一个大号的男童，是一个跟着眼前的香蕉走的猿猴，她才是那个有着完整的计划和图景却骄矜地不愿意实施的人。忽然，她发现他并非没有规划，只是规划里没有她。

“菜心坏了吧，怎么是苦的？”她低声询问孙天奇。他却陷入了遥远而甜蜜的遐想中，低头微笑着去搅动小米粥里那头黑粗的海参，海参就像是还活着，在寡淡的黄色米汤里，愉快地转着圈。

## 六

少女朱晓光逃跑了，穿着粉色的伴娘裙，从宫殿一样的火车站逃跑了，急急忙忙，没有像公主一样的亮相。

“这不能叫离家出走。”晓光看着窗外不断倒退的电线杆，心想自己从婚礼现场直接逃到了火车站，连家都没有回过，所以不能叫作“离家”。

挎包里装着的钱，是代母亲收的礼金。姐姐拿了大部分，自己只收了几千块钱。抛开吃住的费用，剩下的钱她可以买一张一等座的单程，或者二等座的来回，她在窗口犹豫了几秒钟，买了单程票。

开始，大家会发疯、着急、想念，后来，当他们提到她的名字时，会迟疑一下，似乎不太确认她是否真的在这里生活过。

她所住过的屋子，会像她的名字一样，变得陌生。白纱窗帘，因为不再有她洗而沾上灰，印着草莓图案的枕头和被子与白纱窗帘有着一样的命运；她在姐姐的鼓励下买的第一双高跟鞋，还从没有穿过，放在床底，上面的水钻会在老鼠的啃咬下一颗颗地掉落；她有一橱柜的衣服，当母亲和新的爸爸又生了一个女儿，或许会给她穿，但多半不会等到那一天就仓促地送给一个身材相近的人；孙天奇带着他的女朋友出了国，两人住在有柔软大床的精致小公寓里，他也许会在异国某个下雨的傍晚，想起自己和他在伞下走过的一段路，却始终想不起自己的名字；姐姐或许会埋怨母亲的仓促成家，造成了自己离开，母亲或许会内疚一阵，但是她们最终会和好，没有自己的一家三口，在充满温暖阳光的车厢里去郊外，就像那个男人变成甲虫的小说结尾。

朱晓光一边想，一边下了火车，一边想，一边继续往前走，走着走着，就来到了自己的目的地。

她第一次见到真正的大海，她把拿了一路的编织网袋放在沙滩上，解开系着的口。网袋里是一只红头的海龟，它脊背朝地，整个身体暴露在外面，拼命地晃动着自己短小的四肢。朱晓光帮它翻了一个面，四肢着地之后，它变得异常敏捷，朝着散发出海腥味的方向，快速地移动。

爸爸这次的归来，是最艰难的一次。他从母亲举办婚礼的海鲜酒店后厨逃出来，躲过了众目睽睽与追捕，一步步挪到朱晓光的脚下，用它粗糙的壳去摩擦她的脚踝。

这只海龟在沙滩上无所畏惧地爬行，惊吓了很多拍摄婚纱照和情侣照的人，但它一点儿也没有被这些声音干扰，笔直地爬向大海。

“爸爸，快跑！快跑！”朱晓光大声地喊着，持续地喊着。直到看到它青黑的背被一个浪头打过，它红色的头顶消失在海水泛白的泡沫里，而它爬行过的痕迹也被一次潮汐抹得无影无踪。

“爸爸，再见！”朱晓光耗尽全身的力气，喊了最后一声。

这是她最后一次见到爸爸。

# 伊瓜苏 · 海蓝宝

我会永远永远爱你在心里，

希望你不要把我忘记……

## 一

面前的咖啡已经冷了，又黑又稠像毒药。叶莺扬起手，示意服务员来加点水。

年轻的服务员留着整齐如刀锋的斜刘海，盖住了一边的眼睛，她假装没有看见叶莺的手势，把脸隐藏在收银台的后面。

酒店的大堂里集合了一切虚张声势的特征，罗马柱上雕的是龙，地毯上的牡丹被踩得皮开肉绽。占满整张墙的，是一幅不知所谓的泼墨山水画。

山水画面前，坐着一个穿粉红色旗袍的女人在低头弹古筝，她戴着眼镜，非常专注。似乎她只要足够认真，就不会注意到没有人在聆听，也不会注意到旗袍的腰侧已经开线了。

年轻的时候练了十八般武艺，一心以为可以路人皆知、改变世界，最后不过成了生存的拙计，勉强足够保全自己而已。

叶莺下意识地掏出粉扑镜，警觉地打量自己。岁月像一张大抹布，用力地擦过一张脸，留下的是灰败和油腻。

她微微侧过脸，还是二十年前的那双眼睛，那时他们都说她的眼睛里有一个小太阳，挂在东南亚的天上，毒辣而潮湿。她自己倒不怎么喜欢，或许是因为见过她母亲的人都说她们的眼睛长得一模一样，而母亲生下她没多久就跟人跑了。

十六岁的叶莺，在美女如云的青年剧团也很出挑，圆满的脸，小而尖的下颌，大而宽的眼皮，眼里还是一团孩子气。然而，美成那样，所有人都愿意相信她有丰富的灵魂，领导专门选些哀伤悠长的调子让她来唱。

拿手好戏是扮成印度人，想象中的异国情调，穿着红色的纱丽，裹着金色头巾，眉间用口红点上一个红点，分不清是天真还是妩媚。

往舞台上一站，歌者歌，舞者舞，树叶飘落，鸟儿高翔，男人愤怒，女人颤抖，可都同她没什么关系。舞台灯光一打，空气中一片金色的尘埃。她独自沐浴在尘埃里，声音与身体一起摇曳，支离破碎又销魂夺魄。

台下多少双眼睛聚精会神地看着，吸引他们的，与其说是美，不如说是脆弱——少女的美，一面诞生，一面以更快的速度流逝。

与她共舞的男舞蹈演员修长洁白的手指抚摩到她凉软的腰，她明显地感到他的身体有一丝凌厉的颤动。

“邓丽君，你想找个什么样的人？”下了台，叶莺在厕所外面的洗手池卸妆，男舞蹈演员悄然走到她身后，问道。

叶莺长相和声音都酷似邓丽君，团里的人都这样叫她。男舞蹈演员伸长手臂撑着墙，把她囚禁在他的身影下，却低着眼睛不敢看她。男舞蹈演员长得漂亮，在这盘丝洞一样的剧团越发成了一块唐僧肉。

这么多妖精一样娇媚的女孩儿，他只喜欢她，她当然得意，可很快就冷静下来。

她最知道长得好看是多靠不住的事。一定得沉住气，八风吹不动，端坐紫金莲，得精打细算。

外面都把他们团叫作“养鸡场”，所有的女孩儿永远处于惊惶的状态，等待有一天从笼中被拎出去。那些出了笼子的女孩儿都音讯全无了，极个别的几个偶尔能在电视上看到。“那是人家有正月初一的命。”叶莺常听到年纪大一点儿的团员这样说。

叶莺脸上还挂着水珠，湿漉漉的睫毛纠缠在一起。“反正不会找你。”她白了他一眼，他太漂亮以至于只爱自己，她和他太像，她从他手臂下溜走。残忍的话，入耳也如清泉一样。

水龙头没关，水就这样汩汩地流着，欢快而糊涂地一流就是二十年，水声让人有种天长地久的感觉，然而终究没有什么是长久的。

她现在知道了。

镜子里照出她身后有个中年男人一直在打量她，她老了，连看她的人也老了。

“不等了。”她“啪”的一声扣上镜子，准备扬起手让服务员来结账。然而这手终于还是软软地搭下来，拿起已经冷了的咖啡，又抿了一口，然后用大拇指擦掉陶瓷杯子上的口红印。

“哎呀，不好意思不好意思，来晚了来晚了。”终于，要等的人来了，一个矮小而敏捷的男人快步走来，双手合十做出道歉的姿态，白衬衫黑西服，围着大红绸缎的围巾，非常舞台化的装扮。

他的装扮让人侧目，被几个人认出来：“这不是老上电视的帅哥？”他在本地电视台的招聘节目里做评委，被称为“资深品牌研究顾问”，他叫王帅，自称帅哥——名字多半也是假的，这个人，没有一句实话。

“你能不能不要让我在酒店大堂等你？”叶莺有些愠怒地瞪着他。

他往沙发上一靠，把头发往后一捋，带笑看着叶莺。

叶莺还准备继续埋怨，他立刻竖起一根指头，说：“我懂我懂，帅哥语录：不要放大炮，说话要可靠；不要装知道，不懂就请教；不要抄近道，否则会白跑；不要绕远道，那样会迟到。”

叶莺的火气还没下来，说：“每一次，每一次都是我等你。”

他笑道：“帅哥语录：每一个等待的都是好姑娘，都能保得住欲望，守得住轻狂，甩得开忧伤，都是思想上的好姑娘，心理上的变形金刚。”

她看着他得意的笑脸，觉得再说什么都是鬼打墙。他的沟通方式，永远以制造沟通壁垒为目标。她只觉得两人面前横着汪洋大海，远得让人绝望。

“我走了，你再找一个变形金刚吧。”叶莺站起身，准备离开。

王帅真着了急，脸上那层上电视专用的胸有成竹的表情终于破了，拽住她的手腕，低声说：“你这是干吗？别闹，我是公众人物。”他小心地看旁边有没有人注意。

叶莺没有顺着他的力道坐下，可也没有坚持要走，杵在他面前。

王帅不甘于仰视的角度，顺势也站起来，与她平视。“看人要透，脸皮要厚，气场要够。”他与叶莺同时想到他在电视上被反复播放的金句，都有些尴尬。

“走，我带你去个好地方。”他温柔地说。

## 二

在那辆八成新的鲜红色福特车上，王帅明显地放松下来，一只手握着方向盘，一只手自然而然地去握叶莺的手。

她的手在他潮湿的手心里动了一下，就彻底安静下来，忘了刚刚等候的不快。

“你等一下。”他忽然停下车，从置物箱里拿出一块黑色的丝绸围巾，说，“蒙上眼睛，一会儿给你一个惊喜。”

她顺从地让他用围巾盖上自己的眼睛，传来一股熟悉的发胶的浓烈香味。

他们认识，是王帅来叶莺所在的高中演讲，中午校领导招待他吃饭，叶莺来陪。席上，他一面排山倒海地讲着那些押韵的道理，逗得满桌人大笑，一面死死地盯着叶莺，就像脸上长着四五双眼睛一样。

她被他盯得心里发毛，向他敬酒，王帅微笑着问：“叶老师年轻的时候是不是拍过一个电视广告？”马上又掌自己的嘴，“什么话，现在也风华正茂。”

她在少女时，的确拍过一个地板的广告。是一个中年导演拍摄的，她曾短暂地对那个满嘴英文的导演有过好感，但她无邪的诱惑只是愈发使导演胆怯，不敢更进一步。导演无望的爱恋却让镜头里的叶莺格外地美，那则广告的寿命竟长达五年之久。叶莺抱着狗在地板上愉悦地玩耍，露出膝盖上方一块比打过蜡的地板更光滑的腿。

叶莺说："八百年前的事了。"

王帅大声说："哈！我就知道，那时候我守在电视机前几个小时就是为了看你，梦中情人啊！"

第一次在他面前脱下衣服的时候，她很紧张。她觉得自己是他心中臆想出来的，出现在他少年时每一个肮脏的梦里，一个人怎么能超越自己在另一个人心中的臆造品呢？

很快，她就发现不需要担心。她是他从前梦寐以求的东西，后来到了手，已经面目全非，更有一种爱怜与自得交织的复杂情绪。

他们固定在每周四傍晚见面，见面往往是在叶莺的公寓。离婚之后，前夫要去了房子，把买房时她出的几万块钱如数还给她。她在学校附近租了一间小的公寓，从原先的房子里只带走一张梳妆台，纯实木的，刷了奶油一样的白漆，巴洛克风格，雕着宫廷花纹镶着金边。结果，新的小公寓放不下，只留了一个抽屉，放在床底下装杂物，总是拖出来又推回去，底都快被磨穿了。镜子拆下来挂在墙上，照出的人格外雍容贵气。房间实在太小，铁架床旁边的五斗橱里放着电饭锅、油瓶，还有几袋洗衣粉。

她已经不是自强自立的小姑娘，一个年近四十岁的女人，把自己搞成这样，是一件很不体面的事情。

王帅第一次进到她的房间时也很意外，然而在他竭力搜寻熟悉且赖以为生的情绪反应——自信、挑衅、语重心长等，竟然找不到一种适用于此时此景的。向来滔滔不绝的他一时竟然无话，窘迫地坐在她的床上。

等到做完爱，他才终于想起合适的情绪反应，一下子从床上跳下来，去掏椅背上搭着的裤子口袋，他掏出薄薄一沓粉红色的钞票，放在椅子上。

叶莺躺在床上，看着他。房间很小，天花板却莫名其妙地高，灯光显得暗淡而遥远，她看着他灯光下裸着的背影，精瘦短小，连屁股都窄窄的。发型高高地耸起，越发显得比例畸形。她一瞬间觉得很恍惚：怎么会是这样一个男人？

每周四傍晚两三个小时，他对性事并不热衷，除了第一次显得有些热烈，其他时间都显得兴致索然。

比起实施性，他更愿意谈论性。谈论那些慕名去调戏或者生扑他的各类女子，真真假假——当然，在他的记忆里全是真的。“哥们儿牛逼吧？”他下意识地跷起大拇指指向自己。怎么会是这样一个男人？

就是这样一个男人，成了她一周荒芜生活里的绿洲。

每次离开的时候，他都会掏出薄薄的一沓钱，卷一卷，放在椅子上。他走了，她就躺在床上，看一卷粉红色的钱慢慢地舒展开，像一个紧握的拳头，放弃了抵抗，一点点地松开。

“我们这是要去哪里？”叶莺问驾驶座上的王帅。

他不说话，车不知道开了多久，周围的车流声渐渐变小，越来越安静，轮胎碾过一片碎石路。

他牵着她的手下了车，她听到水声，听到踩到的落叶破裂的声音。她感到令人恐惧的静谧。一阵风吹过，从她穿着黑丝袜的两腿间吹过。她觉得不安。

走了十几分钟，水声由远而近。王帅摘掉蒙在她脸上的围巾，她发现他们站在漆黑而狭窄的岩壁中，潮湿的苔藓依附在大石头上，摸起来像冰凉的肌肤，不知道从哪里流下来的水滴溅落在他们的头顶。

她心里有了数。又走了十几分钟，她穿了中跟鞋，几次险些滑倒。他好几次流露出厌烦，终于没有任何言语。忽然有阳光倏现倏隐，走到一片开阔的平地，面前是一片水帘。

并不是雨水丰沛的季节，水声却惊人地响，两人站立的土地都微微颤动，配以光影穿越其中造出的万千虹霓，倒也震撼。

叶莺往前探身子，仰头大口饮着瀑布水，并承接水花的拍打。叶莺想起，自己是在二十五岁那年，脸上一夜之间突然出现衰老颓废的特征，她就每日把脸浸在冰水之中，然而并没有抑制住摧枯拉朽的溃败，像是肌肤里一直系着的紧绷的细线，被生活的重负压断了。

“我不是带你来这儿想不开的。”王帅一把将她拉回怀里。

这姿势很快就变得暧昧而缠绵，他跪在地上，抱住叶莺的双腿，脸贴着她的裙子，她没有躲开，伸出手轻轻抚摩着他的头发。他受到了鼓励，用力去拉她的裙腰，让她也跪下。

叶莺惊惶地挣脱开他的手，说："我不想。"

他站起来，去解她的衣服："快点，一会儿就有人来了。"不远处传来其他游客说笑的声音。

她继续抗拒，他人矮，手指却细长，如锁链一样缠在她的身上。他原本还是笑的："今天怎么脾气这么大？"直到两人肉体都有了真实的疼痛，他才不耐烦地住手，凝视着她。

他不理解，为什么在简陋的出租屋她平静温顺，而在他精心挑选的浪漫属地会遭到激烈的反抗。他企图说几句玩笑话来化解两人的尴尬，可随即想到：他在电视和讲座中的任何一句玩笑都是收钱的。凭什么花了钱还要受气，受了气还要搞热气氛？

叶莺感到他凝视的目光冷下来，原本有一个如烧烫的石头一样的物体抵在自己肚皮上，它也冷却了下来。

"别像个动物一样好不好？"她说，刺痛了他的自尊心。

她继续说："你带过很多女崇拜者来过这里吧？"她故意避重就轻，不去谈他的老婆。

"你这个女人，真没意思。"他下了结论。

这是为她判了死刑。一个女人可以邪恶精明，或是无知狠毒，甚至被恨得要置之死地，这些都是不同程度的溢美，而一旦她"没意思"，这就像是被关进孤岛上的监狱，连判她刑的人渐渐都忘了原委，一切都渺茫。

这是他们第一次不愉快。她伸出双臂，想去拥抱他。他举起双手，做出投降的姿势，说："我们赶紧走吧。没有性爱的爱情叫友情，没有情爱的爱情叫色情。”

她佩服他随时都能想出妙句的本领，简直是种精神疾病，她不禁笑出声来。他憎恶地看了她一眼。

游人的声音越来越近，拖家带口的旅行团兴奋地从岩壁中蹿出，召唤着落后的家庭成员。小孩子如动物一样在叶莺的腿边钻来钻去，王帅害怕被人认出或者被照相机无意中拍到，仓皇地拖着她下山。两人都很安静，他们结束了。

## 三

二十年前，她也在一片瀑布下。她总疑心那是一个梦。

最先回忆起来的是黑暗中的一双蓝眼睛。她见过蓝眼睛，邻居老奶奶信基督，随身带着一本小册子，里面画着一个黄头发蓝眼睛的男人被钉在十字架上。她一直觉得蓝眼睛是不幸的象征。

后来，叶莺随团出国演出，也见过许多台下的蓝眼睛，可都是远远的。团里的领导不许她们和台下的观众接触，一下台就运回酒店关着，不能单独行动，像管着天女的仙官，不允许她们思凡。

那一次，是她第一次那么近地看到一双蓝眼睛，在一片瀑布下。

在大多数时候，叶莺只允许自己的回忆止于这双眼睛，太多的回忆会带来太多的痛苦。可是，在特殊的日子里——比如周四的傍晚，情人因为一次未遂的野合而在例行的约会时间爽约的时候，她会放任自己去回忆——试图用一种美好的痛苦，去取代不堪的痛苦。

蓝眼睛的头发是栗色的，松软，像是里面藏了一阵风。头发被打湿了，有几缕碎发飘在额前。

他的眼睛如雪天里的池塘，闪闪发亮。叶莺就像是趴在池塘边照镜子的小孩儿，没自己看过自己，惊奇地看着自己的小圆脸。刚下舞台的妆还没洗干净，额头中间有个口红点的小圆点。

她在台上演得好，听台下的掌声就知道。团里的领导也高兴，说她立了功，完成了重大外交任务。那一年，青年剧团为了庆祝中国和巴西建交二十年，去伊瓜苏演出。领导说，伊瓜苏是一片瀑布，大得很。他还说，是一个男孩儿恳求神灵让深爱的女孩儿恢复视力，神灵就让大地裂为峡谷，河水吞噬了男孩儿，女孩儿重获光明，成了第一个看到伊瓜苏瀑布的人。

叶莺心想，神都是极可恶的，实现了人们一点愿望，就要求巨大的牺牲，或者做更大的坏事。或许因为这样，神才是神，人们才怕它、拜它、侍奉它。神之所以是神，是因为它比人更自私。

白天演出前，演员们都说要去看瀑布，可刚好起了雾，只听到水声，远远的什么也看不见，领导吆喝着把大家塞进了大巴车里。

晚上演出结束，她还没有从兴奋中松弛下来，迟迟睡不着，心里记挂着那个神话，偷偷跑出酒店，去找瀑布。在夜色中走了五分钟，就迷了路，听见水声忽远忽近，却不知道方向。

黑暗中，看到前方一个高大的身影靠在栏杆上，她支支吾吾地上前说：“瀑布？瀑布怎么走？”

那人的蓝眼睛里带着笑，看着她。她没想到他那么好看，更加结巴。蓝眼睛听不懂，可不点头也不摇头，只是笑着看着她。

她十根指头上下翻飞，比出水流的姿态。

那蓝眼睛笑着点点头，指着前方的一个方向，嘴里哇啦哇啦的，示意她跟着他走。

长久封闭的训练生活，让叶莺对于和男性的接触感到恐惧又兴奋，世故而天真：跟着他走，还能坏到哪里去？

冷风呼啸着过来，像是要诉说着什么。叶莺打了一个寒战，蓝眼睛脱下自己的大衣披在她的身上，脱下自己的手套给她套上，就像对待一个小女孩儿。他的大衣粗糙而厚实，皮手套在指尖的位置有些磨损。

他自然而然地握着她那只戴着手套的手，两人并肩往前走着。不知过了多久，叶莺忽然有种奇怪的感觉，似乎在一个童年诡异的梦里见过这个场景。身边这个人，被风吹动单薄的衣服露出肌肉的线条，如同移动的塑像。你对他了解多少？他不是你的亲人，不是你的朋友，他甚至不懂你的语言。

如果他决定攻击怎么办？在这无人之地，他不过是个踯躅的黑影，你也不过是个踯躅的黑影。他心里到底在想什么？

叶莺想要呼喊，却被冷风灌满了嘴。她停了下来，蓝眼睛也停了下来。

“我们要去哪儿？”叶莺徒劳地小声问道。

蓝眼睛盯着她，牵起她的手，放在自己的脸上。她能感到每一根参差不齐的胡楂，很扎手。他的嘴在动，叶莺听不懂，却也好像听懂了。

“我是我，我是真实的。”她直觉蓝眼睛在说。

“我要回去了。”叶莺嗫嚅道，转身准备离开。

他抓住她的手腕，将她拉入怀中，又如同惩罚一样用力捏了捏她的肩膀。她抵在他的胸口，感到他的手指摩挲着自己的发尾，她的头发要燃烧起来。

“我不认识你。”她小声说，心里在啜泣。

他的下巴顶在她的头顶，他低声说出一大串她听不懂的话。她听不懂，却止不住地全身蜷缩起来，感到自己的心缩得像一粒皱巴巴的葡萄干。

不知过了多久，他放开了她，然后认真地看着她的脸，游移的温柔目光像一个多年未见的长辈。然后，他牵起她的手，继续行走。

雾气越来越深重，终于汇成了湿润的奔流，冲刷着叶莺的头发与肩窝，如风雨淋淋。她跟着蓝眼睛，脚步越来越快。突然，他停了下来，打开手电筒。

叶莺惊得怔在那里，原来水是可以这样流的，蔑视自然规则与人类狭隘的想象。

蓝眼睛又说了什么，他的声音低沉压抑，像是在诉说一个秘密。

叶莺不顾他，径自又往前走着，瀑布的水如同固体那样沉重地砸在她的头发上、脸上和身上，她伸展开双手，迎接瀑布对她手臂和心脏的冲击。

她感觉到，蓝眼睛从背后抱住她，他温柔但是强有力地扭过她的头，吻她濡湿的嘴唇。叶莺心跳得几乎要从胸腔中蹦出来，耳中也嗡嗡的，什么也听不见。他抱紧了她，仿佛她是洪水中的一根浮木，他们要一起航向宽广而深邃的地方。

蓝眼睛对于他要去的地方了若指掌，他嘴唇到的地方便燃烧，她变成了一个发着光的女人。在愉悦的顶点，叶莺脑海中反而凄凉地狂叫道：

> 水流，请穿我躯。
> 狂风，请贯我心。
> 雷电，将我粉碎。
> 阳光，把我焚尽。

## 四

第二天早上，当叶莺回到酒店，看到满大堂因一夜未睡而焦虑的团员和领导，就知道大事不好。

当天，团里的领导教训叶莺的时候，叶莺的听力却似乎还没有从一夜瀑布的巨响中恢复，罔若未闻，问她去哪儿了也不说，只是无意识地微笑着。领导更加激愤，当场开除了叶莺，理由是："不听指挥，自以为是，情节严重，经教育无效。"

当时在团里和叶莺关系最好的演员叫作唐瑶，她是叶莺来之前的台柱子。两人长得像，都是大眼睛圆脸，只不过唐瑶的脸盘要大些，五官疏松稀朗，没有叶莺精致。因为团里已经有了娇艳的美少女叶莺，唐瑶就不自觉地淡化了自己的性别特征，声音变得越来越低，做派也越来越粗放。

回国的飞机上，领导让叶莺换了座位，坐在最后一排，所有人都不许理她，孤立她，让她反省。到了晚上，待到机上的人都睡了，唐瑶悄悄地去找叶莺。

叶莺没有睡，脸上带着自夜归之后就没有消散过的笑容。

“你胆子也太大了……”唐瑶低声责备道。

叶莺说：“看瀑布去了。”

唐瑶说：“一个人？你怎么没叫我一起，叫上我不就没事了。”

叶莺说：“不是一个人。”

唐瑶还没有反应过来。叶莺继续说：“和男人……嗳，你不知道男人抱住你的时候力气多大，眼睛都直了。”

唐瑶先是有种被冒犯的窘，脸慢慢热了起来，等到脸上的红潮散去，她发现自己很不高兴——虽然并没有不高兴的理由，嗓子也变得干干的，问：“是林康生？”她说的是团里那个漂亮的男舞蹈演员的名字。

叶莺不屑地说：“他想得美。”

唐瑶今年已经二十五岁，在剧团关了十年，和男性接触的次数屈指可数，更别提被那样的手臂抱着，被那样的眼睛看着了。她伸手去捏叶莺裸露的大咧咧地愣在自己面前的一截膝盖，下手越捏越重，仿佛是一个男人在一个女人身上花的气力。

叶莺疼得叫了一声，不客气地把她的手打下去，同时又亲热而神秘地说："我给你看个东西……他送我的。"她是说那个神秘的男人。

叶莺张开花瓣一样白的手掌，中心摊着一粒倒映着蓝天的露水，是一粒海蓝色的宝石，光闪闪的。

叶莺把那宝石放在手中滚来滚去地看，说："你看，这是宝石还是钻石？像不像海水？"

回头一看，唐瑶不知道何时回到了自己的座位上。叶莺继续全方位地玩弄它，又觉得不像是海水，倒像是一滴眼泪。

叶莺把那颗海蓝色的宝石镶了碎钻，用白金链子串着，戴在脖子上。她尤为自豪的是，哪怕在最艰难的日子里，她也从未想过把那宝石卖出去。

日子很艰难地过，如果一定要找一个转折点的话，是在她被剧团开除之后就急转直下。

父亲给老同学的一笔贷款做了担保人，没过一年，那老同学出了矿难，被泥活活憋死了，几十万元的债务一下子落在了父亲的头上。刚开始还钱，父亲就病了，持续发烧了一个月，随即出现新的病症：脖子上长了一个鸡蛋大的血瘤。

医院查不出来病因，叶莺无计可施，那时父亲已经下不了床，听人说山里有个半瞎的老太太很灵，便去找。她拿了一件父亲贴身穿的背心，老太太坐在门槛上，叶莺跪在地上，双手捧着半旧的背心。老太太闻了一闻，朝天望，半闭的眼皮下只有凸起的眼白在滚动，过了好半天，老太太问，你父亲脖子上是不是长了个东西？

叶莺惊叫了一声，老太太继续说那是来索命的小鬼。索的是父亲的父亲——叶莺祖父的命——那个她只在旧照片上见过的英武清秀的男子。祖父年轻时打过仗，用大刀砍掉过三个壮年男子的头。命是替他们索的，祖父死得早而安详，要用父亲的命去抵。

问老太太怎么破，她又仰起头，那球状的眼白滚动得更快了："能熬过五十岁生日就没事。"

叶莺把身上的钱都给了她。下山的时候天光还很亮。落叶覆盖在潮湿的地面上静静腐烂，漫山遍野都是层层叠叠的暖色，从上往下望，让人暂时忘记了死亡的存在。叶莺在悲怆中也有了些欢欣：总算有了指望。

父亲五十岁生日那天晚上，忽然呼吸困难，几个小时才抢救过来。这之后的几天，他就真的渐渐好起来，血瘤没有再长大，他甚至能下床走几百米。

叶莺把他接回家休养，回家那天，去买了一只土鸡炖了汤，鸡汤上漂着一层厚厚的油。

"这鸡肯定很笨。"父亲说。

"为什么？"她问。

"因为笨鸟先肥。"父亲一本正经地说。

叶莺眼泪都要笑出来了。那顿午饭吃了很久，吃到了傍晚，鸡汤一热再热，在锅底熬成了膏状。直到最后一缕阳光缓慢而哀伤地从饭桌上撤退了。

那天晚上，她听到父亲猛烈地咳嗽，捶打墙壁，似乎在缓解极端的疼痛，更像是与墙壁进行一场搏斗。慢慢地，那声音越来越小。她在另一个房间极清醒和痛苦地承受着，直到声响消失，才走进父亲的房间。

她坐在床边，看着他铁青的脸上咳出怪异的红润，她脑海中一片空白。突然，父亲竟然从灰白的棉被里伸出手，颤颤巍巍地伸向她。她握住——准确地说是抓住父亲嶙峋的手指。这是他们一生中少有的短暂而温暖的互动。很快，她感到父亲轻轻推开了她的手，仿佛某种突然醒悟过来的诧异和不快，仿佛在问："你这是在干吗？"

父亲很快就死了。

然而，这一下模糊的推搡，却让叶莺在漫长的日子中都感觉到痛苦。她不断猜测父亲在临死前到底在想什么，是害羞，保持距离，还是怨恨和责备？

父亲死后，家里的房子和财产都被拿去抵债。叶莺托过去剧团的关系介绍了些走穴的活儿，是在歌厅唱。后来内地歌曲市场一夜之间全被港台歌曲占领，舞台的主角变成一群烫着头的小姑娘，在节奏感极强的音乐下跳幼稚的舞，扭着半个肚皮，近乎童声唱着："左三圈右三圈，脖子扭扭屁股扭扭……"

叶莺做不来，就只有去更偏远的城市走穴——以为那里的音乐审美还落后。

春天的早上，刚在一个小城市表演完，她挤在一辆去往汽车站的闷臭不堪、动弹不得的小巴上。一个半老的男人在她身后小心地猥亵她，用身上尖锐的东西去顶她，后来他胆子越来越大，把收音机顶在她只着了一层纱裙子的背上，那一根短短的天线像指头一样在她身上划来划去。

那冰凉的收音机忽然传来一条突发新闻，说邓丽君因为哮喘在泰国去世了。车上突然沉默了一下，然后是满车幽怨的叹息声，收音机里断断续续的歌声如同哽咽：

Good-bye，My love，
我的爱人，再见。
Good-bye，My love，
从此和你分离。
我会永远永远爱你在心里，
希望你不要把我忘记……

临窗的妇女忍受不了闷热，打开了窗户。几只苍蝇飞进来，直奔着妇女手上拎着的猪蹄，苍蝇也在叶莺的耳边萦绕盘旋，她的心被搅乱，直到一阵劲风吹来，她渐渐沉静下来，她把心里一直深深藏着的去瀑布找蓝眼睛的想法拿了出来，如今，她终于接受了生活，和这念头告了别。

## 五

王帅连续第二次爽约了周四傍晚的约会，叶莺难以入眠，吃了半片安眠药。第二天早上，依旧难以释怀，就吃光了家里所有剩余的左旋多巴胺。

整整一天，她都处于某种轻松而快乐的幻觉之中。那一天的阳光与风都极好，她获得了给高三毕业班上最后一节音乐课的机会。她站在讲台上指挥，身边站着自己最得意的女学生朱晓光作为领唱。

“长亭外，古道边，芳草碧连天……”稚嫩而青春的声音像潮汐一样一浪浪袭来。

将要告别的真挚的感伤，让相互厌烦了好几年的学生和老师达到暂时的和解，在彼此眼里显得史无前例地可爱。

这种愉悦感一直在叶莺的大脑皮层里持续着，直到一个短发的瘦女人冲进教室，拽住她的头发时，她的感官是滞后的，无法做出迅速的反应。

女人一只手拽着叶莺的头发，另一只手去撕扯她的衣服，同时用腿去绊她。叶莺无法同时对这些动作进行抵御和回击，只是使出过去跳舞的功夫来，回旋着脚下的步伐保持平衡，不至于跌倒。

她在旋转的余光里看到朱晓光震惊的表情，这个少女不断试图上前分开两人。

“干吗打人啊？”少女纯真地问道。

叶莺多希望朱晓光不要问。讲台底下有早熟的男生女生已经明白发生了什么，正向那些还懵懵懂懂的同学解释。

“不要脸！”短发的瘦女人喊道。为同学们的欢腾又增加了温度。这就是青春残忍的地方，它表达同情或嘲笑、愤怒或兴奋的反应都一样，都是一种幸灾乐祸的起哄。

叶莺听到布料被撕破的声音，她听到那个女人谩骂的声音，也听到自己的声音：“你住手！”——这样虚弱地喊道。可这些声音都显得很远，像是发生在过去的某个片段重现。

等到两人终于被学校的保安拉开的时候，叶莺终于看清了这个女人，毫无疑问，她是王帅的老婆。

她过去经常想象王帅的老婆会是什么样，按照王帅自己的叙述，那是一个高傲的大美人。可是，没想到她那么干瘪瘦小，穿着无袖上衣，短发的顶层已经有些发白，她看起来像男人一样坚强和吃苦耐劳，粗野凶狠。岁月带走了她的青春、纯真和温柔，只剩下绝望中苦苦挣扎的毅力和固执，以及苦守住婚姻的自豪与执着。

保安要把王帅的老婆拽离教室，她甩开他们的胳膊，回头死死地盯住叶莺，说：“你还收钱！你要不要脸！你还收钱！”——这才是最让她愤怒的。

叶莺接到学校电话的时候正在家里睡觉，她从扭打现场直接回家了，然后吃了安眠药睡着，也不知道睡了多久。电话里说让她马上去学校找校领导，然后不等她答复就挂掉了。叶莺从床上坐起，从那个女人冲进教室直到现在，她都有种分不清梦境和现实的感觉，似乎正在做一场漫长的噩梦，随时可以醒来。

她在洗手间的镜子里看到自己的嘴唇是破的，脖子上有好几道长长的抓痕，连衣裙的荷叶领耷拉下来一半，胸罩带也断了一根。她才慢慢清醒过来，那种侥幸消失了，一桶冰水从头到脚地浇下来。

叶莺换了自己质地最好的一件深蓝色真丝衬衣裙，戴上一个船形的胸针，骑自行车回到了学校。她一走进办公室，正在议论纷纷的人立刻缄口不语了。办公室的门口放着一个铁架，上面有洗脸盆和镜子，让刚下课的老师洗掉手上的粉笔灰。那些老师就拖延着洗手的时间，在镜子里悄悄地打量着她。

自己的名声已经灰飞烟灭，她虽然等待着被问询，但内心知道已经被判罚。

校领导在办公室的门口一闪而过："你来我办公室。"

她跟在领导的后面，有意把头昂得高高的。

走进学校领导的办公室，她刚把门关上，领导就从电脑椅上站起来，把门打开，说："还是把门开着吧。"

两人面对面地坐着，领导一根根抽烟，把脸隐藏在烟雾里。过了很久，才慢悠悠地说："本来，这件事你是受害者，学校应该保护你。"

叶莺很久没听到这样中肯而体贴的话，簌簌地流下了眼泪。

领导起身给她倒了杯热水放在桌上，本想拍拍她的肩，后来终于只是拍了拍她肩上的空气。他继续陷回自己的座椅里，说："现在有专门打第三者的组织，打你的还只是一个女人。你算比较幸运了。"

叶莺边哭边说："难道她打我，我还要感恩戴德？"

领导没想到好意劝说反而被呛回去，这女人也太不知道好歹。语气就冷了下来，也不打算再安慰她，说："按理说学校应该息事宁人，不过，这件事后来的发展我们也没想到……"

他翻转面前的笔记本电脑，屏幕朝着叶莺，按了一下鼠标。那是一段视频——很显然，视频已经播放了很多遍，这一遍是专门预备播给叶莺的。不知道哪个学生用手机录下了她们厮打的视频，污秽的谩骂一下子充斥了办公室。领导赶紧手忙脚乱地想把声音消掉，反而声音越来越大，他只好赶紧把屏幕扣上。

“不用继续放了，你应该知道是怎么回事。”领导说。

“应该去处罚这个拍视频的人。”叶莺说。

领导又在空气中随便拍打几下作为安抚：“这是肯定的，可是学生嘛，不懂事。你能怎么办？劝退，处分？顶多口头警告一下。罚重了，家长不乐意，骂得更难听。”

叶莺有点弄不清楚：“难道要处罚我？你刚刚还说我是受害者。”

领导没有回答问题，而是再次翻开了笔记本电脑，说：“这件事还弄大了，你看网上还有个投票。‘小三可恶的确该打’，‘女人何苦难为女人’，‘小三不对，也不该打人’，‘不好说，清官难断家务事’。好几千人投票啊。你看，网上说的，你的名字单位，都一清二楚。”

叶莺说：“你就不关心她说的是真的还是假的？”

领导冷笑道：“你现在纠结这个就没意思了，我也不怕告诉你，人家精明得很，上午已经来我办公室，把你和她老公在一起的证据都给我讲了、看了，你以为她光是针对你，她也在打我的脸啊。”

叶莺沉默了一阵，脑海中又浮现出那个女人的脸，那是一张坚毅得不达到目的誓不罢休的脸。她问道：“你打算怎么办？”

领导说：“我现在问你，如果你是我，你怎么处理？”

叶莺说：“先调查清楚，停我一学期的课，风头过去了再说。”

领导仿佛没有听见一样，又问了一遍一模一样的话：“我问你，如果你是我，你怎么处理？”

叶莺顿时明白过来，这是她第二次遇到这样的场景，怎么还会如此愚钝，她低下头，说：“请学校开除我。”

领导如释重负地出了一口气，说：“我们也不想这样，但是现在舆论不像原来那样好控制了。开除你，其实是保护你。还有，我最后劝你一句，如果你外地有亲戚的话，去找他们吧，换个地方，跑得越远越好，不要在这个地方待了。”

叶莺相信他最后的话是对一个临终的人真诚的关怀，点点头，认真地起身与领导握了握手，转身离开。

快走到门口时，叶莺忽然想到什么，停住脚步，问道：“多少人投我？”

领导一时没反应过来。

叶莺说：“你说网上有个投票，多少人投票支持我？”

领导又抽了一口烟，尴尬地说：“你还是不要知道的好。”

## 六

叶莺打定主意离开后，就立刻把家里值钱的家具——一个冰箱和微波炉变卖了去，房子还给了房东，因为没有到租期而付了一些违约金。

她办了加急的签证，买了机票，在新的一周刚刚开始的时候，就坐上了飞机。当飞机离开灰褐色的土地，她也因为飞离土地上的流言与耻辱而感到轻松。

飞机场金发的空姐问她要牛肉还是意大利千层面，叶莺犹豫了一下。过去在青年剧团的时候出国坐飞机，她总是一个人每顿要两份，别的女演员不敢吃的黄油，她也全要来抹在面包上。现在年纪大了，喝水都胖，只敢喝刮油的茶。

可是她一想到昂贵的机票，就说牛肉和千层面各要一份，巧克力也多要一支，还要了一杯白葡萄酒、一杯果汁。

叶莺第一次自己买出国的机票，被价格吓了一跳——全部的积蓄都取出来也只够买半张单程票。

而她也只有一个人可以求助。当她拨通王帅电话的时候，不等他挂断，就说："我被辞退了，什么都没了，给我钱。"

她能感到电话那边的他有些变色，也有些受伤——似乎认定了她是个只认钱的女人，这也间接否定了他对于她的魅力，这对于王帅来说是致命的打击。

她又说："这是你欠我的，我要钱。"

这话在即将崩坏的东西上又重重地击打了一次，以便让它全盘毁坏。这粉碎了的废墟是他们之间存在过的一点点温存，也是她仅存的尊严所安放的庙宇。

王帅并不是个小气的男人，他说："多少钱？账号给我。"

叶莺把钱数和账号报给他。他重复了一遍，就挂上了电话。一个小时之后，就把她需要的钱汇了过去，发来短信：“钱已汇，请查收。帅哥感慨：真心不如红钞票，感情只是性需要。”

她知道，发完这个短信，他就永久地删除了这个号码，从此之后，她在他心里就是死人。

这样也好，叶莺想。难道还一直待在那个出租屋，等他避过了老婆的监视再去和她幽会不成？哪怕她并没有在等着他，王帅大概也会和人吹嘘：“有个女的一直痴心不改地等着我，哥们儿牛逼吧。”她知道，那个城市待不下去了。

她没有亲人，没有后代，没有朋友，没有一个能够收留她的地方。生活中的一切，一样一样地离开了她。最先离开她的是母亲，然后是前途，再然后是父亲、婚姻、工作、情人。最后连她妥协后龟缩的壳都要拿去。

如同她少女时期经常做的梦，发现自己赤身裸体地站在舞台上，台下全是人，所有眼睛都看着她。

叶莺想：这是老天在罚我。

空姐来收走了空杯子和餐盒，问她要咖啡还是红茶。叶莺要了咖啡，摆摆手拒绝了奶精和砂糖，褐色的液体因为飞机的微微颤动而泛起了涟漪。

她第一次喝黑咖啡是随剧团出国演出时，也是在飞机上。其他团员都被苦得龇牙咧嘴，只有叶莺觉出了香。“能吃多少苦，就能享多少福。”领导当时说。

于是，喝咖啡的习惯保持到了婚后。她的前夫喝不惯，曾经温和地申请能不能换成豆浆或者茶，结果被叶莺嘲笑：“这么土，亏你还是个英文老师。”

前夫是一个放在二十年前叶莺根本不会考虑的男人，她年轻时候的追求者每一个都比他英俊而优秀。然而，当她因为永远无法还清的债务，以及越来越恶劣的演出环境而接近精神崩溃时，她的前夫恰好出现在了眼前。

回忆中，前夫的相貌已经很模糊了。大概因为那是一个害羞的男人，总是低着头，露出微秃的V形发际线。

他是当地高中的英文老师，少年时候也给叶莺写过爱慕的情书，被青年剧团的清洁工随意扔在一个装满了信的麻袋里，从来没有被打开过。后来他被亲戚拖去相亲，发现眼前的人是自己年少时候魂牵梦萦的偶像，他相信这是命运的礼物，不计一切代价地与她结了婚。

或许是出于本性，或许是出于对叶莺近乎恐惧的崇拜，他在婚姻生活中过得异常小心，每次上完厕所后都会小心翼翼地把蹲坑的内壁和踏板擦得干干净净，再喷上芳香剂，厕纸也像宾馆那样折出一个三角。每次出厕所被叶莺看见，他都会尴尬得脸色发白，原本就苍白的脸更没有血色。

他的小心翼翼和动辄自责的性格，反而增加了她的恶作剧心态。前夫为了改善叶莺的生活，把她也争取到同一所高中当音乐老师。每当两人一起上班的时候，叶莺总会穿得格外鲜艳，来衬托他的土气。她会当着他的学生去斥责他的生活习惯，在他“呸呸”地把不小心喝进嘴里的茶叶吐回茶杯的时候皱紧眉头。

叶莺这种刻意的残忍其实是一种迟来的青春期。她的整个青春期父母都是缺席的，她只有在这场婚姻中获得了向家长任性撒娇的权利。

前夫很快就理解了自己在婚姻中承担了多重角色，开始的时候甚至在这种关系中感受到了某种扭曲的屈辱快感。同时，当他发现叶莺对于英语有很大的兴趣时，还开始兴致盎然地教她英语。他幻想把她培养长大，从一个女儿成为一个妻子。

但是，几年过去，当他发现叶莺永远不会停止嘲笑，永远不会平等地对待他，并且时常会用很小但颇具毁灭性的动作通知他，任何他们关系进步的迹象都是幻觉，他还是感到非常绝望。

“你到底喜欢过我吗？”前夫没有选择“爱”这个字。

叶莺认真地想了想，她的确为他心动过。当第一次见面吃完饭，他送她回家，在路上唱起一支她听不懂的英文歌的时候；结婚后，她偶尔走进他的书房，看见他面前的书桌上摊着一堆天书一样的文字，而他用笔尖一排排划过那些文字的时候；他教她英文时，郑重其事得仿佛在说着一个咒语的时候；还有，他在极端愤怒和难堪时，眼睛里出现的闪电一样的蓝色。

叶莺不自觉地去摸脖子上戴着的宝石项链，忽然明白过来，她喜欢的从来就不是他。或者说，她并不喜欢他作为一个丈夫、一个男人、一个人类；她喜欢的是他作为一座桥梁，她通往蓝眼睛的一座桥梁。

# 七

叶莺连转了三次飞机，中途在机场的座椅上凑合睡了一夜，时差让她变得极端疲惫。可是她放弃了在旅馆休息一下的想法，一出机场就直接坐上了大巴，去她的目的地。

大巴上的人很明显都是游客，有两个穿着摄影背心、背着登山包的男人坐在她前面，他们不时交谈，侧影里的睫毛如同扇子一样。还有一个不到十人的旅行团，叶莺猜是美国人，因为男男女女都很肥硕，巨大的屁股要占一个半座位。

坐在叶莺身后的，是一个日本家庭，一家四口，不知道是否因为两个女儿打扮得过于成熟，她们的母亲看起来更像姐姐，粉白着一张脸。那个母亲不断地安抚着两个叛逆期的女儿，男人偶尔会插嘴，叶莺猜他说的是："闭嘴，听你们妈妈的。"

她听说前夫再婚之后有了一对双胞胎，也是一对女儿，他以后不知道是怎样的父亲，该是很有耐心的吧。他也好，王帅也好，甚至再早以前的男舞蹈演员林康生也好，他们都有自己的家庭，在那扇封闭的家门后过着自己热闹的小日子，哪怕有不愉快的争吵，可那日子都是他们自己的，和她毫无关系。

叶莺打了个冷战，不是老天在罚她，拿走一件件她的珍爱。是她自己扔掉了那些已经到手的东西，是嫌它们不够好，还是到手得太容易？

车驶近一座大门，笔直的一条道，因为知道接近目的地，车上的人都发出惊呼，那对日本的叛逆姐妹也暂时停止了与母亲的争吵，趴在窗户上看。

伊瓜苏瀑布快到了。

叶莺想，这是她生前最想去的地方。很奇怪，当她为自己的生命设定了终点，生前的一切都会异常清晰地呈现在眼前，那些悬而未决的决定、念念不忘的心愿都会从一团迷雾中显现出来。

再去看一眼瀑布，就像那个神话中的男孩儿一样，被峡谷里翻滚的瀑布吞噬掉。她不想死在有人认识她、能识别出她的地方，她不想她生命中出现过的男人得到她的死讯时有怅惘和遗憾，以为她是为了他们。

她忽然想起过去在剧团时总是唱起的调子，那失踪已久的旋律忽然又出现在脑海里，哀伤而天真。她那时候在台上唱着，不懂歌词，就总是想象自己是一个将要赴死的美丽少女，她那时才十六岁，总以为自己活不过三十岁——那时候，她认为过了三十岁就都不值得再活，在台上，就为这遥远的死亡感伤起来——那时候，她还以为中年是很遥远的日子。

车门开了，叶莺吓了一跳，下车的脚步也有些飘忽。

车停在一个酒店门口，马路对面有一排栏杆远眺瀑布，很多游人在那里拍照。叶莺竟然听到了熟悉的语言："这有啥好看的？比黄果树瀑布还黄。"

顺着栏杆走下去，就越来越靠近瀑布。叶莺不断与自己的记忆对比，发现了很多新奇的变化，比如她当时遇到蓝眼睛的平台，现在已经是一家餐厅。

她走进去，时间尚早，还没有开餐，自助餐的餐台上是一个个圆而拱起的银色盖子，像是大军摆阵。侍应生示意她可以去室外的平台坐着，她点了一杯当地的饮料，是当地特有的水果做的，味道清冽。侍应生说这种饮料有助于长寿，她笑了一下。

叶莺环顾一下四周，人很少，有一对年老的白人夫妻在悠闲地喝茶，老夫人颤颤巍巍地啃一块大而圆的松饼，不时推动快要滑下鼻梁的眼镜，神态很像一只松鼠。另外一桌在她身后，坐着一个栗色头发的外国男人。

等叶莺转回头，那个男人的样子才突然让她惊醒，那双眼睛是她永远不会弄错的，因为她在二十年的时间里，从未停止过怀念。

她怀疑自己是幻觉，又回头看了一眼。那个男人正侧脸看着栏杆外的瀑布，面色非常沉静，无波无澜。

侍应生端着饮料上来，看到叶莺扭着头看着那个男人，笑着说："那是一个非常特殊的客人。二十年了，他每年这个时候都来。"

他在等我！叶莺突然有了这个可笑而可怕的想法。她沉思了一会儿，没有人能看出，她在做一场斗争，一方是希望，另一方是她多年经验性的失望所培养的谨慎。这一次，前者赢得了胜利，她不太自然地站起身，走到那个男人的面前。

"你好。"她说，一只手把海蓝色的宝石项链从T恤中拿出，用拳头攥着宝石吊坠。

那男人抬起头，并没有露出她想象中惊讶或激动的神情。"天气不错，瀑布看得很清楚。”他缓慢而礼貌地笑着说道，然后移开了目光，看着瀑布陷入了回忆之中。眼前这个妇女，和回忆里那个精灵一样的少女毫无相似之处。

“是啊，天气真好。”叶莺说完这句话，在眼泪落下之前立刻转身离开，走出了餐厅的大门。

门口的侍应生好心地提醒她：“你走错了，瀑布是另一个方向。”

叶莺茫然地抬头看了一下天，然后她看见了云。热带气候的云，下半部分格外平整，像是用剪刀剪断了一样。云一边翻滚，一边竭力地从内部向外发散出光亮。一瞬间，所有风吹而草动、虫鸟起伏怪叫的声音变得异常响亮，旺盛的生命力以压倒之势袭来。

活下去。叶莺忽然想到了这几个字。她想起自己曾经在停了电的大剧院独舞，她是唯一的光芒，她想到男人强有力的拥抱，她想到好多人都曾经对她说，会永远爱她，无论她变成什么样子。

她还不想离开这个世界。

叶莺把脖子上戴了二十年的海蓝宝吊坠取了下来，放在口袋里，把宝石卖掉，应该够买一张返程的机票。

# 武威·腿

她要去武威，去她爱的人生命的起点。

# 一

1

他已经是一个死人。

他原以为减去了肉体的重量，灵魂会飞速移动，但是他没想到作为一个死人的自己，依然如此笨拙和缓慢。

他生前失去的腿，死后也没有长出来。别人称为“腿”的东西，在他身上是两个三十厘米左右的大肉球。他有一双“鞋”，套在手上，是两个比砖头略大的木盒子。他用手走路，因此有着异常发达的肩臂肌肉，衬衣永远显得紧。

现在，他的淡蓝色衬衫上沾满了血，血渍以心口为原点蔓延开来。杀他的人用螺丝刀在他的胸口一共扎了两下，其实第一下就足以致命，然而，那人还是拔出了螺丝刀，更精确地瞄准他的胸肌上跳跃的那一小块肌肉，重重地扎了下去。

他死在车上，一辆新车——不，是二手车，今年刚买的，花了大价钱改造。油门儿和刹车挖了两个直径一厘米的小孔，插上了一根加长的不锈钢钢筋，连接到座位上方，全部用手就可以操作。

不锈钢钢筋的部位老是会松动，所以他车的置物箱里常年备着螺丝刀，能随时紧一紧。

就是这螺丝刀，要了他的命。

真讽刺，这车原本是他的骄傲，一辆上过报纸和电视的车。

现在，这辆车的人造革座椅上溅满了血。血不是如泉涌一样汩汩流出，而是上扬喷洒，竟喷了那么久。他的嘶声长叫都已经慢慢停止了，血依然流着。

他最后的记忆是疼痛中的轻松感。他因为长期用力而酸楚的手臂终于放松了，如同漂浮在深水的表层。

“人生没有什么过不去的坎儿。”在临死之前，他的脑海里忽然冒出这句话来。他笑了一下，觉得很讽刺，血就顺着脸颊流进了嘴里，杀他的人露出了惊惧万分的表情。

杀他的人是谁？

他发现，刚刚脑海中还存在的极清晰的脸，竟然以极快的速度在脑海里变得模糊，就好像眼睁睁地看着一个浪头打来，把画在沙滩上的图案抹去。

从人间走向非人间的过程，就像裤子口袋破了个洞，硬币从里面源源不绝地漏出。

原来死是这个模样。人们常说人死如灯灭。死了就一片漆黑，什么都没了。他活着的时候，常常劝未亡人：人死就死了，活着的人，你哭坏了身体怎么办？未亡人想想，也就真的不哭了。

可待到他死了，他真想让所有人的家人、朋友，认识他的人与不认识他的人都痛痛快快地哭，哭他妈的三天三夜。不仅哭，更重要的是为他报仇，要抓住并惩罚、凌虐那个龌龊的杀人凶手。因为他已经什么都不能做了，甚至想不起凶手的脸。

他其实是一个乐观的人，所有认识他但是并不熟识他的都这样说——熟识他的人知道他费了多大的功夫，强迫自己保持乐观。“身残志坚”，这是所有人对他的评语，就是这群人要在他的葬礼上致辞和洒泪。他真想忽然出现在自己的葬礼上，带着恶作剧的笑——就像他总是借助自己的身高优势躲在椅子下面，然后在人找不到他的时候猛地钻出来。

他要像个英雄一样讲死后的经过，走过一片火热的荆棘地，再到白茫茫的冰雪平原，再步行回到人间。他要讲这个惊心动魄的故事，然后大喊：“人生！”话说到一半，把话筒伸向台下的观众，让他们齐声喊：“没有什么过不去的坎儿！”

他想到这个场景觉得非常快乐，划动着双臂的速度又加快了几分。忽然觉得有什么不对劲，原来是他的鞋没有发出熟悉的“咔咔”的响声，烂湿的草叶和飞溅的泥浆也没有弄脏他的裤腿和衬衫。

“好家伙！”他赞叹道，享受着死亡带来的寂静和洁净。

他远离了那辆车，回头看了一眼，看到自己的尸体依然横在驾驶座上，睁大了眼睛，不愿意瞑目。

“古德儿拜。”他朝自己敬了个礼，走向一条起伏的柏油公路。

2

公路上停着一辆拉水泥的货车，驾驶室的车门是打开的，他一只手撑着车踏板，另一只手拽着座椅腿，把自己拉到了副驾驶的座位上。过了一会儿，穿着红背心的司机提着裤子跑上了车。

“哥们儿，尿得好哇！”他说，司机没有反应，关上车门。

“哥们儿，我叫田福福，你叫啥？”他用手拍了一下司机的肩膀，却像拍打空气一样，不，比拍打空气更虚无。

虚无，这是一个好词，他还琢磨着，司机已经关上车门，一脚踩上油门儿。那是个目测还未成年的小伙子，车却开得猛，逢弯转弯，遇坡爬坡。司机一只手握着方向盘，另一只手打开了车上的音响选着歌，还高声合唱：“哥只想有个窝，难道注定这一辈子在外漂泊……”

田福福不会唱这首歌，只能拍打着自己的两只鞋去伴奏，声音只存在于自己的脑海中，重在参与。

电话响了，小伙子不关掉嘈杂的背景音乐就去接听，嗯嗯啊啊了一阵，忽然大喊道：“那老子不是白跑一趟，我日他先人哦！”司机握着方向盘的手松开了，摸索着为自己点上一支烟。

田福福吓得要去握方向盘，随即反应过来：自己怕个啥，又不能再死一遍。于是放松下来，用力地嗅了一口飘来的烟味，香。

窗外的景色终于有了些人气，荒凉的路边开始出现一些破败的汽车维修店和五金店，还有呆滞的孩子们站在路边死死地盯着移动的汽车，仿佛那是他们人生唯一的娱乐。

“我运气真好，你果然是回市里的。”田福福简直想抱着司机亲一口。

司机有些困，不知道从哪儿翻出一袋槟榔来嚼。

“说实话，我运气真不是盖的。你看我这样一个人，没腿，没学历。你猜我一个月挣多少钱？”田福福伸出两根手指满意地说，“两万块钱！”

没有回应，他把这种沉默当作震惊过度的失语，停了一会儿，继续说：“而且我还有个超级美的媳妇儿，羡慕吧？”

他想象着自己的媳妇儿盯着家门，盼着他回家。她会以为他抛弃了这个家吗？还是去报了案？他到底死了多久？他死前到底发生了什么？他真想带着她找到自己的尸体，希望她能找出那个婊子养的凶手。

可是现在，他什么也做不了。

司机继续开着车，音乐已经停了。车载音响发出一种不间断的微弱声音，比呼吸还静。

夕阳把这个小伙子映得像个小泥塑，脸是静止的，只有腮帮子有一丝蠕动，还有一点儿紫红色的液体从嘴角渗出。

田福福看着司机的侧脸，忽然想摸摸他的腮帮子，摸摸他精瘦的手臂，感受一下温热的皮肤与血肉，嫉妒得连停止跳动的心脏都纠在一起的其实是田福福，他想哭。

车停了，红绿灯。斑马线上走过一个穿着紧身条纹超短裙的年轻女人，轻快地，小屁股扭动得带点儿孩子气。小伙子探出头，对她报以庄严的注目礼。“啐！”司机猛地把嘴里的紫红色渣滓吐出窗外。

田福福探出脑袋看了一阵儿，说：“这有啥好看的？你是没看过我媳妇儿，我有个超级美的媳妇儿。我要去找她！”

他再次骄傲地宣布，并且满意地发现，记忆还没有毁掉他媳妇儿光着身子的模样。她如同一张泡在水中的素白的纸，柔软膨胀。他觉得自己的灵魂也在膨胀。

## 3

“停！停！”田福福享受着脑海里的回忆，差点儿错过车窗外那个熟悉的“家乐福”超市，它和旁边的加油站中间有条狭窄破败的小路，往里一直走，直到看见一幢灰黄的筒子楼，那就是他家了。

田福福从车窗爬了出去，摔在地上，没有痛感。夕阳挺火辣，小路上行色匆匆的人都皱着眉头缩着脸，他却昂着头用手走着，没流一滴汗。又刮了一阵子凉风，路边的柳树都打了个哆嗦，他却连一粒鸡皮疙瘩都没起。

他家住在几层呢？三层，还是四层？记忆消退的速度似乎加快了，像一块粗暴的橡皮擦。

田福福靠在楼道口的墙上，努力捕捉脑海里最后一个清楚的画面。

那是他和他媳妇儿成婚后的第一夜，桌上摊着结婚证，媳妇儿叫丁吉花。结婚照里的女人，穿着照片里那件白色贴身针织裙坐在桌子对面，衣服包裹着她呼吸的起伏，如同他少年时走在一片无名的山丘上，看呆了一片风吹过麦浪。

烛光里，看熟了的女人也显得陌生：头发全梳了起来，戴着白色发箍，露出一张小窄脸，秀丽的笔直希腊鼻，眼角风骚地上扬，眼神里却全是对这风骚的怀疑与抱歉，惊惶得像个女学生。

他伸出手来，去摸女人手腕上的金镯子。

镯子是丁吉花的母亲送的。她的母亲是田福福不熟悉的那一类母亲的形象。他的母亲在他五岁的时候就把他扔给祖父，记忆里只有一个裹在大棉袄里的背影。而丁吉花的母亲是个小学老师，端庄、干净，一模一样的希腊鼻长在她母亲脸上就显得那么傲慢。

丁吉花的母亲没有来参加他们的婚礼，甚至从始至终都没有要求见过田福福。

他只是坐火车去了丁吉花的老家，在小学门口远远地见过刚下课的她的母亲，那个威严的女人，头顶上的粉笔灰与灰白的头发掺在了一起，在人群中很显眼。她隔着马路，看到了田福福，她立刻猜出那个盯着自己的无腿的人，是女儿的爱人，自己的女婿。沉默的暴怒在她脸上凝聚，眉毛拧成一个倒V字形。愤怒与对愤怒的压抑在她的脸上交替出现，终于后者占了上风，她转身又走回学校。

田福福也讪讪的，“咔、咔”地拖着自己的短短的身体和长长的影子走了。

结婚前一天，丁吉花的母亲托人送来了一个金镯子，当作婚宴的贺礼——所谓婚宴，不过是田福福请自己相熟的几个朋友，在家附近的一家火锅店吃饭。

酒过三巡，几个朋友吆喝着要“办个仪式”，田福福窘得不得了，丁吉花在桌下捏了捏他的手，把包在红帕子里的金镯子偷偷放在他手里，说：“就把这个给我戴上吧。”

田福福与丁吉花面对面站着，他站在板凳上，还比媳妇儿矮了半个头。火锅店里其他桌的客人都频频朝他们看。

金镯子有点儿小，丁吉花用力地把五指都并拢，还是戴不进去。田福福急得满头都是汗，用力把镯子往里推，低着头耸着肩膀，越发显得矮小。

终于，镯子上的一尾金鱼游弋在她的手腕上。同时，听到“啪”的一声，丁吉花攥得过于用力，折断了专门为结婚做的水晶指甲。她悄悄把指甲藏在手心，落落大方地朝大家笑着。

“礼成！”朋友们欢呼起来。

那天晚上，田福福就这样摩挲着丁吉花手腕上的那个金镯子，他是多么感激她。

烛火越烧越旺，屋子里也渐渐有些热了。他的手指不自觉地向上攀缘，去抚摩那片薄绸一样软滑的裸露的皮肤。

“你太瘦了。”他低声说。

媳妇儿不搭话。

“我以后一定要把你养胖。”他继续说，手继续往前摸着，伸进她宽大的袖子里。

“先洗澡吧！”媳妇儿低着眼睛，笑着缩回手臂。

在浴室里，他把自己整个身体放在两只木头鞋子上，上半身健硕，下半身戛然而止，像残缺的雕塑。丁吉花的身体却光洁而美丽。对比之下，自己是如此丑陋，他忍不住扭过身体，背对着她。

她打开莲蓬头，温热的水柱冲上他宽宽的金色脊背。他是如此渺小而脆弱，无所遁逃。

她的手指插入他湿软了的头发。田福福胸中仿佛有一块重达千斤的石头猛地炸裂，炸得五脏六腑一起震动。

然后，他听到了声音。在床上，他听到丁吉花用尽残余的精力，连声惨叫，如同猪嚎。过了一会儿，他发现那原来是自己的声音，他牢重的身体如同溺水一样摊倒在丁吉花的身上，没有支撑，两条三十厘米的腿像是被掰断的翅膀，软塌塌地搭在丁吉花雪白的大腿上。

他是个怪物！极度兴奋、疲惫和自卑同时在他的血管里爆裂，他持续不断地号叫着……

4

越来越多的事情从他脑中看不见的洞里流出，他唯独没有忘记自己是个死人，被人杀死，尸体横在荒芜的无人之地。

而这个截点以前的记忆，却装载在一条驶离岸边的船只上，缓缓地远离自己。

他忘了想记住的，记住了想忘记的。

田福福恨得很，比失去双腿更恨，他气得想去推倒靠在楼道墙壁上的自行车，车没倒，人却扑倒在地上，鞋飞出去老远。

一双鞋从自己手上踩过去，女人的鞋子。女人穿着一件黑色的外套，胸前用亮片拼缀着“LOVE”的字样，楼道口的穿堂风吹起女人染黄了的中长卷发。

女人熟悉又陌生，田福福把她和记忆里的少女做了对比。“吉花！”他不由得惊呼起来。

记忆里的女孩儿听到这声音，总会停住脚步，背影的肩膀有些极细微的抖动，仿佛要克制着笑，过几秒才转过头。

可是，听到叫声的女人却一直往前走着，越走越快。她心慌意乱地走着，路上有人叫她，好几声之后她才听到。

“吉花，福福呢？”一个拎着馒头和卤菜的老太太问她，是他们的邻居。

“出门了。我现在找他去。”丁吉花说。

“我前两天又在电视上看到福福了，哎呀，哭得我哟，太不容易了……”邻居本想流眼泪，然而两手都提着东西没法擦，就把眼泪从眼眶里憋了回去。

邻居老太太继续感慨着，眼看着没完没了，丁吉花赶紧伸手拦了一辆出租车，没有道别就钻了进去。

田福福也爬进了出租车里，他坐在丁吉花旁边。她已经是个妇女了，依然是枣核一样的小脸，吊梢眼和希腊鼻，可这些却像炮火过后的断壁残垣，只能让人去想象之前辉煌的雕琢建筑。

“我死了哇！”田福福竟然有些羞涩，半天才憋出这句话来。

“我死得好惨哇！你要替我报仇哇！”田福福继续说，自己都忍不住想笑，太像一个典型的鬼魂会说的话了。

丁吉花没哭也没笑，只是扭着脸看着窗外。

“人死不可怕，可怕的是，自己一个人上路。”他觉得自己独自走在一片无垠的平原上，乌云密布，电闪雷鸣，狂风裹着沙尘从地平线那边席卷。他没有任何可以躲避的地方，没有任何可以交流的人，只有时间，漫天漫野，无尽的全是时间。

“真想带你一起走。”田福福去拉丁吉花放在膝盖上的手，她却刚好抬起手来，露出手腕上的金镯子。

谁送她的金镯子？

她的手放在胸前，不住地去摸那金镯子。不知道回忆起了什么，极暖和也极凄凉地笑了起来。

田福福想起来这个笑。不知道是哪一年的冬天，天气已经很冷了，是接近过年的时候，城市里最宽阔而古老的步行街边挂上了各色的灯笼，看橱窗里的电视墙，无数个迈克尔·杰克逊戴着黑礼帽，排山倒海地袭来。

田福福就在这橱窗前唱歌，站在自己的木鞋子上，捧着吉他，面前是话筒，头发因为修剪困难已经变得很长了，只能微微仰着头。“最爱你的人是我，你怎么舍得我难过。在我最需要你的时候，没有说一句话就走……”他记得自己唱的什么。

然后，他就看到了那个笑，在稀疏的人群里，那个笑被黑而长的头发勾勒着，像个闪烁的贝壳一样，很是鲜明。人群陆陆续续地变换直到散去，她一直没有离开。

那天田福福唱了很久，远远超过自己惯常的时间，以至于被排在他后面等着卖艺的人揍了一拳。

第二天和第三天，那个笑容继续出现在同一个地方，同样不肯离开，只剩她一人。夜越来越凉，田福福放下吉他，对她说：“好啦好啦，赶快走啦。”

他开始收拾话筒和音响，低着头数吉他盒里的钱，心却跳得厉害。抬起头，看到那女孩儿还站在不远处，水盈盈的吊梢眼，秀丽的鼻头冻红了，微肿的嘴里哈着白气。身后橱窗里的激烈的色块与光影，把她的脸照得像一块琉璃瓦。

她看到他的目光，极暖和也极凄凉地笑了起来，仿佛面对着世界上最可爱也最可怜的人。

田福福心里战栗着，他的人生就这样重重地摔落在了地上，碎成无数流离的粉末。

记忆定格在这个画面。田福福眼里热得要汪出眼泪来。

死人没有眼泪。

5

出租车停在火车站。

巨大的车站总是像个舞台布景，所有人都有着明确的目标，然而被生活的洪流汇聚在一起，就变得有种戏剧性的混乱，生出许多生离死别的可能性。

田福福进了车站，站在扶梯上往下望去，是无数蝼蚁一样移动的人们。脑海里一片混沌：他为什么要来这里？已经不记得了，田福福只记得自己被杀了，他是追寻着凶手来到这儿的？

空气里有香水味儿、咖啡豆的味儿、油炸食物的味儿，灯光明亮，每个人脸上都亮堂堂的，不像是隐藏着秘密的龌龊的凶手。

他记忆里的火车站不是这样的。那时的火车站还不是大理石的地面，而是粗糙的水泥地。那时的他还是个半大的孩子，外貌比实际年龄看起来更小，十五岁看起来像十岁，瘦得肋骨把皮肤割成一条一条的。他那时还没有这两只木鞋子，而是把自己吊在两个自行车轮中间的横杠上。

火车站里人稠密极了，可看着他在自行车轮上伸着手滚动过来，人群就立刻散出一条道来。

这到现在也没什么变化。田福福看着一个十几岁的少年，趴在地上，用胳膊肘爬着前行，拖着细得像两条小尾巴的腿。人群像传说中为神开路的大海，劈出一片空地来。

车到站，乘客放行了。田福福也疲惫而迷惑地跟着人群往站台上走。

一列火车咣当咣当地朝他们开来，红白相间的车厢轰隆隆地驶过，铁轨在重压下发出尖锐的悲鸣。

田福福心里一紧，他能想起来，自己的腿就是在这悠长而刺耳的声音中失去的。

那天，祖父拉着他的手，走在旷野上。他还小，还有腿，光着脚，还能感受到草在脚心的酥麻，他还故意去踩外壳已经变得焦黑坚硬的牛粪。

“噫！”祖父极短促地呵斥一声，把他拽走。

土腥味在空气中蒸腾，火车的鸣笛从旷野上呼啸而过，那片黄油油的油菜花听到响声便踊跃地集体探了探头。

绿皮子的火车停了，祖父拿着一个大口袋，挨窗口地去收用过的矿泉水瓶子。祖父从车头走到车尾，佝偻的身影只剩一点点。田福福抓住火车车门的把手，想攀上火车，光着的脚上出了汗，滑溜溜的，一下子出溜到车底。

火车重新开动了，车上的人只觉得有种难以察觉的动感，微微一个摇晃，沉重的车轮在铁轨上向前滑行。

田福福听到了火车的嘶啸，直到车忽然停了那嘶啸还在，原来那声音是从自己喉咙里发出来的。

已经死了的田福福有种奇特的感受，仿佛那天他就已经死了，六岁的田福福死于铁轨之下。之后的人生他全不记得，以至于何时是生命的终点都无法确认。他是否已经作为鬼魂成长，衰老，在世间漂流了几十年?

火车开出了车站，速度越来越快。突然音量猛增，它与另一辆火车交会，猛然看见车窗上的面孔，仿佛是另一个平行时空无意的一瞥。

田福福在车厢中走着，脚步不再轻快，疲惫像灰尘一样落在他身上。难道一个死人也会觉得疲惫？难道一个雪人也会觉得冷？难道一个阴影也会觉得黑暗可怕?

他找了个座位，把自己放下，头歪在旁边人的身上，迷迷糊糊地有种要睡着的感觉，像是很小的时候被母亲抱在怀里。

他记得母亲是很美丽且柔软的，他记得自己模模糊糊地醒来时，不在母亲的怀里，而在一张陌生的床上。他被说话声吵醒，睁开眼，是母亲与一个很皱很皱的老头儿坐在床沿上说话。只看到两人裹在棉袄里的背影和侧脸，母亲用手背在脸上擦一下，说："那家不让我带福福。"

很皱很皱的老人重重地叹息了一声，手臂如冬天干枯的树枝一样，在半空中摆了一摆。

母亲转身准备抱一抱田福福，他闭上眼，假装在睡觉。母亲冰凉的脸贴上来，他已经觉出那不是抚爱。

田福福觉得记忆变得越来越窄，他不再记得光荣与苦难，困扰与愤怒，梦境和现实。他旁边坐着一个安静的女人，穿着黑色的外套，胸前用亮片缀出的“LOVE”字样随着呼吸起伏着。

他把头靠在她的胸前，虽然什么也感觉不到，可想象那也是极软、极温柔的。他的头越来越轻盈和放松，仿佛有人在帮他按摩着头皮。他像是在母亲怀里。

火车经过一片湖，夕阳最后的余晖就沉在湖里。天暗了下来，车窗里的景色不断后退，没有消逝，可变得越来越模糊。暮景在那安静女人的面影里不断掠过，她也成了不断消逝的风景的一部分。

田福福的世界暗了下来，只有些朦朦胧胧的气味与半明半昧的光亮，最后，连这些也被时间彻底吞噬。

他已经是一个死人。

## 二

1

她爱的人已经死了。

当丁吉花意识到这一点的时候，她套上了一件胸口印着“LOVE”字样的运动外套，从柜子里拿出一床旧被单铺在沙发上，准备出趟远门。

出门前，她看了看这个家，有些脸红。如果是她母亲在，一定会在家庭里的每一个角落——门后、床底、置物架、浴室等地方，都喷上空气消毒剂，再用消过毒的布把每一件暴露在空气中的家具罩得严严实实。

与细菌抗争，是贯穿母亲一生的主题。丁吉花记得自己小时候，刚睡醒就要抱着自己的枕头到阳台上去掸，用尽全身小得可怜的气力去捶打。阳光下飞舞着小的尘埃，仿佛细菌被捶出来了。

母亲早早地就梳洗好，穿着硬挺的衬衣和蓝外套，用发网把头发兜在脑后，没有一丝碎发。她面色严峻，配以不远处的学校宿舍起床的号角，就像一个指挥一场伟大战役的将军。

母亲是个悲情的将军，敌人是粗糙而污秽的生活——那是一张永远也擦不干净的木桌子，油腻从木头的裂缝里不断渗出来。母亲溃不成军，屡败屡战。

她每天擦五遍桌子，擦两遍地，锅碗盆瓢都要用开水烫三遍。她把起床、刷牙、吃饭的时间精确到每一分钟，她甚至给自己女儿名字的谐音起为“定计划”。

丁吉花按照母亲规定的严格的时间表生活了十五年，直到快上高中才开始忤逆母亲。她不再坐在教室的第一排，而是坐在最后一排；不再工整地抄写笔记，而是一本接一本地看言情小说；不再愿意去学校，而是买最便宜的电影票，在电影院里一天天地坐下去，看了无数遍的爱情电影还是会哭，眼泪把眼睛都泡肿了。

她没考上母亲计划中的高中，也不愿意复读，自己偷偷坐火车去了大城市，凭着姣好的相貌在一家叫作“维也纳风情”的湘菜馆当服务员。那是一家无论如何也无法达到母亲的卫生标准的餐馆，厕所地上永远有尿液，小便池上面贴了一张A4纸，写着“禁止扫射”。

十七岁的丁吉花，身上总有股厕所的味道，穿着袖口和腰间都有油渍的土黄色制服，住在十个人一间的小房子里，睡觉时要把所有的财物都枕在头下面或者抱在怀里。

她觉得自己老了。

她的腿有着老年人常有的疼痛；她有着老年人一样干燥发痒的皮肤；她眼眶里总是含着一泡水；她害怕外出；她憎恨一切新的东西——比如菜单上出现的新的菜品，还有餐馆里新来的服务员；比起新的顾客，她更喜欢常来的回头客。

“不能这样下去。”她常常对自己说。她发现自己和母亲一样，永远在擦那张擦不干净的桌子，一心要逃离的命运像追债人一样总能找到她。

生活中还是有快乐的时候。客人留下一瓶没打开的葡萄酒，被她带回了宿舍。没有开瓶器，在桌沿敲断了瓶颈，倒在搪瓷杯子里一口气喝了大半，非常甜，有种过家家的感觉。

她从此爱上了这种葡萄汁和酒精勾兑的廉价饮料，而且喝完之后能够迅速地沉入睡眠。她总是下了班去大超市买，最近的一家大超市在城市最古老也最宽阔的步行街上。

那天预报要下雪，她很兴奋，她从没见过雪的。然而等了一天雪也没下，只是天阴得厉害。丁吉花下了班出去逛，怀里像抱着孩子一样抱着一瓶葡萄酒，慢悠悠地走在红灯笼下。其实街上脏得很，脚下不知道踩着什么，她也无处可去。可就是不想那么快回到宿舍，怕错过了一场雪。

她听到渺渺的歌声，看到人群聚拢，就也上前凑热闹。

走动的人比驻足的人多，围成了一个流动的半圆，半圆中央是一个没有腿的男孩儿在对着话筒唱歌。

丁吉花模糊地觉得，他不像个残疾人——其实，她没见过几个残疾人，只是觉得他不该这么好看，而且还有种很不羁的神情，像是电影海报里的人。

丁吉花看了很久。第二天，第三天，她又来到这个地方。

等到所有人都散去，只剩下他们两个，那男孩儿对她挥着手，说：“好啦好啦，赶快走啦。”

丁吉花十几年的生命里，从来没有和年龄相仿的男孩儿单独接触过，她脑海里是几年前在放映厅里看的爱情电影的片段。在生活里，她总是尽可能地减少和客人的对话，她不知道该怎样制造对话。

“天真冷啊。”丁吉花说，抱紧了双臂，脸却像发了烧一样，一直红到耳朵根。

“冷还不赶紧回去。”男孩儿的声音深沉而成熟。

“你送，我才回去。”她说。

的确天色已晚，一个女孩子独行不安全。男孩儿说：“你别看我没有腿，我打起架来也很厉害的。”他把木鞋子在空中抡着，嘴里发出“呼呼”的声音。

他坚持要自己背着吉他箱，丁吉花就帮他提着音响。热闹的街到了晚上几乎没有人，街灯也越来越稀少，有点儿寒森森的，像是街道以外的天地都已经消失，而他们却不知道，最后连街道也变成一种抽象的存在。

把丁吉花送到了宿舍楼下，她又要送那男孩儿，然而那男孩儿没有住处，两人毫无目的地在街上走了一气，又折了回来。

“你不怕我是个坏人？”男孩儿说。

丁吉花低着头笑着摇头，把头发拂到耳后去，又觉得这个动作太羞答答，不够利落大方，就大声说：“不怕！”

男孩儿自嘲地一笑，说：“是啊，哪见过这样废物的坏人。”

丁吉花没说话，内心却很愤怒，不知道在生谁的气，可也无法反驳。

气氛有些尴尬，很长时间没有人说话。然而沉默到了一定的程度，就像是谈话已经终结了，没有续起话题的必要。这时候，细雪霏霏，把一切声音都裹住了。

雪下了一晚上，到了第二天变得更大了。街上的人越发少，到了饭点儿，“维也纳风情”里只坐了一桌客人，服务员们都闲得在厨房打牌。丁吉花一个人坐在向着店门口的桌子，嘴里哼着男孩儿前一夜唱的歌。

远远地，一个短短的身影过来了，深一脚浅一脚，头发和肩膀上全覆盖着雪。丁吉花心里非常愉快，脸上泛起一层层笑意。

雪断断续续下了半个月，刚有了放晴的意思就又飘下雪花。男孩儿就在餐馆里待了半个月，从开门到关门。没客人的时候，他和丁吉花坐着说话，有客人的时候就笑眯眯地看着她忙。好像他们生来就是为了这样整日整日地交谈，彼此注视。

丁吉花买了一个电吹风机。她总是嫌自己的制服上有油渍，每晚都洗，水太冷手上冻出了疮，用吹风机把衣服一点点地吹干，热风吹在脸上如同喝了酒一样微醺。吹风机发出嗡嗡的声音，把其他人的只言片语也掩盖住了。

雪停的时候，男孩儿说自己要流浪到别处卖唱了，他站在餐馆门口，地上的雪与霜都在融化，慢慢化成一小摊污水，他就这样陷在一摊污烂里。

说是道别，他却久久地不走，屡屡欲言又止。她知道他在等着什么，她想的和他一样。

她想告诉他，从第一片雪花落在地上的时候，她心里就做了这个决定。

## 2

丁吉花坐在出租车上，摇开车窗，扑面而来一股热气。天一晴就暖和，她的保暖内衣贴在身上，往外蒸着汗。

“今年春天来得真早。”她对司机说。

“新闻里不是说了吗，全球变暖，北极熊都快灭绝了。”司机说。

街上的女孩儿穿得很轻很美，有的已经露出了大半截腿。早知道她也可以只穿一条针织的裙子。然而这个想法仅仅存在了几秒钟，丁吉花就觉得窘。不过三十多岁而已，她就觉得自己老态而孱弱。

她的手放在胸前，不住地去摸那金镯子。人胖了，原来镯子与手腕之间还有半指的空隙，如今全陷在了肉里，镯子上的小鱼游不动了，死了。为她戴上镯子的人，也死了。

丁吉花从餐馆宿舍里拎着一个箱子出来，一步一磕一碰地和田福福走的那一刻起，她就知道，不是他也会是另外一个男人，任她摆布，同时也让她身不由己。一个男人，把她从宿舍、家庭、工作的手中抢走，让她终身远离过去的生活，从此生死未卜、无人过问。

她跟着田福福辗转走过了十几个城市，他唱歌，原本应该她去拿着饭碗挨个朝人要，她只讨了一次，就觉得太丢人，并且，她不愿意去索要他用劳力与尊严换来的钱。后来，她就在不远处擦皮鞋，听着他的歌声，手下的活儿也轻快了许多。她在皮鞋上反复擦拭的动作，全是被一股意念支配着，平静而稳定。

他在大排档里捡吃剩的东西带给她，笑着说：他们就像原始动物一样，男人在外觅食，带回来喂饱自己的伴侣。

人处于极度的贫苦中，真就成了动物，睡觉有时在天桥下的门洞里，冬天在车站。田福福靠在墙壁上坐着睡，丁吉花在旁边躺着。长久以来，她都没有真正入眠，而是觉得沉在水底，得不断地舞着双臂才能挣扎着活下来——不知道是否是白天擦鞋动作的惯性。

她累得起不来也睡不着，全身像灌满了铅，意识却是清醒的。“冷……”她的鼻水流了出来，用手背擦掉。“这不是人过的生活。明天一早我要回家。”她对自己说。

“你回去吧。”过了好几分钟，她才听到田福福的声音，闷闷的。原来他也没睡着，而这句话又让她心软了。

生活的转折发生在丁吉花跟着他流浪的几个月之后。

电视台做一档歌手选秀的节目，一个编导恰好曾在街上听过田福福唱歌，就辗转地找到了他，让他去报名。

“太感人了！”在一家餐馆里，听完田福福叙述的故事，编导不住用筷子敲打着桌面。

而丁吉花，只记得自己很长时间没那么饱过，又是鱼又是肉吃得油都溢出嘴角，滴到下颌。吃得两耳嗡嗡的，没注意到田福福是她没见过的多话和神采飞扬。

电视台决定把田福福作为重点选手，派了摄像去拍他们俩的日常生活。跟着他们到街头，跟着他们到车站。

丁吉花从小常常设想上电视的场景，只是没想到是以这副样子，她一直躲避着镜头。

“跟镜头说两句吧，介绍一下你自己。”编导在机关枪口一样的摄像机后面说。

“不说了。”丁吉花用手捂住脸。

“就是要拍你们的爱情故事，你不说还拍啥？不拍了，走了走了……”交涉了几个回合，编导生气，让摄像收了机器。

丁吉花无助地望向田福福，他应该知道的，母亲上一次知道自己的消息还是在餐馆当服务员，如果被她看到自己现在跟着一个残疾人乞讨，该多么震惊和失望。

丁吉花希望他能替自己解释几句，没想到他也是一副愠怒的样子，脸冰冷冷的。

终于没有录成。那是两人第一次冷战，他们坐火车去了另外一座城市，在宾馆住着，一路无言。

宾馆房间里，两人分别躺在两张狭窄的床上，田福福睡得很熟，时而发出巨大的鼾声，时而喉头凝噎，时而又是尖利的磨牙声，如同一部恢宏的交响曲。而丁吉花又一次失眠了，微弱的气息如同一曲将尽的小提琴曲，已经没有旋律，只有弓与琴弦还恋恋不舍地摩擦着。

田福福很早就起床了，窸窸窣窣地穿衣洗漱。丁吉花悄声走进卫生间，看到他坐在浴缸里，身体周围浮着一圈灰色的肥皂沫。双臂撑在浴缸边缘，身体使劲向前撑着，想把自己撑出去，全身如落叶一样战栗着。

“我帮你。”丁吉花说。田福福从鼻子里“哼”了一声，当作是答应。

她跪在浴缸旁边，抓着田福福的手臂，想把他拉住，同时说道："我不想去录了，你跟他们去说，还是我自己去说？"

"不是特地交代了，一定要两个人一起上台。"

她感到他的肌肉一下子变得紧张。

"我身体不舒服。"她说。

田福福一下子发了脾气。"不舒服你就走啊！不要你帮，你走啊！"他大吼道，用蘸了水的毛巾去打丁吉花。她躲闪不及，被砸了一脸，半边脸都红了。

两人一直是互为父母的状态，全力维护和照顾对方，可那一整个早上，田福福极任性，滴水难渗，任何言语都入不了耳。

田福福被电视台的车接走，丁吉花在宾馆的床上躺着，看着窗外明亮又复黑暗，她的眼睛是房间里唯一亮着的灯。

他回来的时候，看到她恬静安详地躺在床上。他爬上她的床，全部身体的重量压在她的身上，粗硬的头发蹭着她的脸，有力的手去抓她的乳房。"你不知道你老公有多出风头！"他说，气息吐在她的耳郭里。

他进入她，木桩子似的进入她，一撞一撞，要把她撕扯成两半。

雷电风暴都已经结束，他全然忘记她曾经激怒他，忘了自己为什么生气，甚至忘了自己生过气，像孩子一样讲述自己精彩绝伦的一天。

3

"去哪儿？"火车售票员的声音透过话筒传出，像过了铁一样冰冷而坚硬。

丁吉花抬头看了下大屏幕上跳跃的列车时刻表，半晌，说：“武威。”

武威是田福福的老家，他在那里生活到十几岁。在两人流浪的日子里，有很多个极度困倦而睡不着的夜晚，他就给她讲他在老家的故事，讲祖父，讲还有腿的时候常常去爬的几棵树，讲谷和粟、苞米和草。

“等我们生活好了，我就带你回我们老家。”田福福说。

可生活永远没有“好”的时候。生活不好，便忙着让它好起来；等生活好了，又得让它维持着好，变得更好，人也更忙。

田福福第一次上电视，参加电视选秀，虽然没有得到冠军，可也走得足够远——足以让他不用流浪在各地的街头卖唱，而是被餐馆和酒吧请去当常驻歌手。丁吉花也在一个美甲店找了份工作，两人在美甲店附近的筒子楼里租了第一个家。

美甲店只有两个员工，丁吉花一天工作十个小时，饭是楼上的饺子馆送来的一盘半凉的猪肉白菜饺。看久了那粉色的墙壁，又吸了一天化工的香味，丁吉花嚼着卫生纸一样的白菜，直眩晕想吐。

美甲店开在大学附近，客人不断，她整日整日地低着头，猛地一抬头，看到墙上一个巨大的女人的手，鲜红的长指甲逼迫过来，像是要扼住自己的喉咙。

每天她回家的时候，田福福正准备出门唱歌，两人如两艘驶往相反方向的船，在交错时已有一瞬离得很近，可彼此却连挥手的工夫都没有。

在空荡荡的房间里待着，她一盏挨一盏地打开所有的灯，又一盏盏灭掉。日子已经比几年前好多了，到底对什么不满，她自己也不知道。

“要惜福！”她在心里对自己说。

田福福回来的时候，她往往半睡半醒，有时连续在床上搜寻几个小时，才能摸到那熟悉的残余的肢体。

“我不想这样下去了，我想回家了。”她眼泪流在枕头上，不自觉地说出这句话来。想起流浪的日子里，自己常常用“回家”来威胁田福福。

过了好半天，才听到田福福闷闷的声音：“那你别干了，钱的事我来想办法。”

这话没说几天，办法自己就找上了门。

丁吉花记得那个晚上，回家开门就闻到一股强烈的发胶气味，一个矮小敏捷而光鲜的陌生男人迎上来，声音高亢：“终于见到本尊了！伟大的女人！传奇的另一半！童话的缔造者！我叫王帅，叫我帅哥就行了。”

田福福在他身后腼腆地补充：“资深营销顾问。”

王帅坐在屋里最高的凳子上，田福福和丁吉花在他对面，坐在两个低矮的塑料板凳上，像小学生一样听他解释这回来访的目的。

王帅说他要把田福福包装成励志偶像：“讴歌生命，坚强自我，传递正能量！你对整个社会的意义，你自己没有意识到哇！你失职了哇！”

他痛心疾首地用目光扫视了一下两人，略带责备。丁吉花也瞬间变得羞惭，觉得好像愧对了谁。

“一定要把你的价值最大化，全方位地最大化，这不仅仅对你本人有好处……”他一只手做出点钱的动作，表情依然很威严和庄重，说，“同时，也是功盖千秋、造福全世界、推动人类进步的好事！”

他话音落下，房间瞬间变得安静了，三人微微发怔。王帅本人也没有想到会把话抬到这个高度，简直无法再接下去。

田福福问：“那需要我做什么呢？”

王帅伸直了手臂，往空气中笔直地切下去，说：“做自己！一定要做自己！要全力以赴做自己！大江南北做自己！讲出自己的故事，在报告厅做自己！在电视上做自己！在讲坛上做自己……”

他的声音绵延回荡，以至于他离开了屋子许久，丁吉花都以为他还在说话。

“就算雾霾，你也得自己带着一米阳光。你丫不勇敢，没人替你坚强！”

丁吉花坐在候车大厅，听到邻座的手机里发出的声音，那是一个瘦长脸的年轻人，用膝盖夹着一个破了窟窿的双肩包，脚下还躺着一个大塑料袋，里面有烤鸭、饼干和一铁盒点心——大概是带给老家的弟弟妹妹的。

手机小小的屏幕里有一个穿黑西装戴红围巾的男人，在讲企业做大了之后该如何管理好自己的员工。那个年轻人看得非常认真。

丁吉花觉得手机里那个声音非常像王帅，或许那些励志演讲的人声音都一样高亢。视频里的人不知说了什么妙语，赢得了一片笑声和掌声，从劣质音响里放出来像噪音。

“他们真的崇拜我！”她想起第一次演讲之后，田福福回到家，一边吃饭一边拍着桌子说。

“嘴里的饭咽下去再说话。”她像个母亲一样温和地斥道，内心真为他高兴。

“可惜你没去。”田福福说，然而神色却不见得有多遗憾。

丁吉花不敢去，不敢听他讲他自己的故事，不敢听他提到她——甚至有可能指着坐在台下的她，不敢接受他人目光的洗礼。

他的精神和原来完全不一样了，过去总是苍白的，现在微笑的面颊上露出以前从未有过的粉红，浑身散发出剃须水和发胶的香味。

“你原来话少成那样，我说十句你只说一句，现在倒成了一个演讲家。”

“人生，没有过不去的坎儿。”他喝了一口酒，伸开双臂陶醉地闭着眼睛，复原演讲时的样子，露出厚实的肌肉和胸膛来。

富含酒精的唾沫喷在她的脸上，凉丝丝的。

田福福把筷子头嘬在嘴里，说：“王帅说，以后的演讲你还是得去，增加可信度，观众也更有带入感。”

“你什么时候开始听王帅的了？”丁吉花有些惊讶。

“你就是见不得我好。”田福福的脸色不再是愉悦的粉红，而是变成了青白色。

丁吉花心里一阵寒意，不是因为受到了侮辱，而是有种被说中心思的恐怖。他好像是自己孵养出来的小鸟，羽毛丰满后就飞走了。她那样苦地过日子，掏心掏肺地牺牲，原来全是为了自己，她是那样自私的人吗？

丁吉花无法接受这个对自己之前的人生全盘颠覆的结论，不停摇着头，虚弱地说："不是这样的。"

田福福没说话，自己下了凳子，去卧室练习演讲。

这以后，丁吉花就总想着要补偿田福福，她想自己过去对于他的事业，这一份他非常在意而且为之兴奋的事业，是太不支持了。甚至仅仅作为一个妻子，她也是很失职的。她习惯了被田福福当作女儿一样照顾，下班回到家里，总是吃他放在锅里热着的饭菜。

丁吉花辞了美甲店的工作，打算专职做一个好妻子，她每天去跑菜市场，回来变着法子做饭。另外，她也爱上了用做菜去消磨时间，炖肉或者煲汤往往需要好几个小时。她就这样搬了凳子坐在锅前，看着蒸汽一点点升上来，气味一寸寸漫过屋子，大半个白天就过去了。时间不是一分一秒地过去，而是一不在意就漏了一大截。

田福福总是不回来，饭就白做了，倒掉。第二天再愈加认真地重来一遍。

王帅给田福福安排了为期两个月的全国巡回讲座，中间不回家。"这回我要跟着你。"丁吉花快乐地宣布。没想到田福福竟拒绝了。

"那这一路谁照顾你？"丁吉花笑道，想他还在赌气。

"王帅给我找了个助理。"他说。

田福福没说谎，出发那天，一个圆脸的女孩儿进了他们家的门，帮田福福拎着行李。临出门前，回头对她笑道："吉花姐，福福哥借我用一下哦。"说罢，自己先笑了，笑声在楼道里回荡着。

丁吉花趴在窗台上往下看，春风一起，柳絮便漫天漫地，像飘雪一样。女孩儿和丈夫一高一矮，走在那条简陋而抽象的小道上。

4

一个人的日子里，丁吉花养了只猫。

她想，日子真是好过了，原来要从猫嘴里抢吃的，现在连猫都养得起。

那是一只漂亮的暹罗，只对她忠诚，只许她来抱和抚摩，其他人若是想碰它，它要么瞬间跑远，要么露出尖利的牙齿。丁吉花也对它报以同样程度的溺爱，自己舍不得吃好的，却给那只猫买最高级的鱼罐头，还买了一个人造假山的装置让它喝水。

有了这只猫，丁吉花就总是忘了自己在等田福福。猫毛掉得满地都是，地上堆着猫的玩具，家里一股猫粮的味道，甚至连田福福居住过的痕迹都被抹去了。

她极偶尔地想起田福福，也只会想起他目不转睛地看着她笑，或是在火车站睡觉时用大手盖着她的耳朵。这些回忆，让她有时觉得他只是很久以前出现过的一个恋人。这想法让她觉得安慰和幸福，或许这是大多数妻子让自己生存于世的方式。

田福福回来的时候已经是夏天了。他晒得黑了一点儿，更加显得健壮，他也更爱笑，总是露出两排白牙来。

他一进家门，暹罗就窜进了电视柜的后面，不见踪影。丁吉花并没告诉他家中这个大变化，想让他自己发现。

田福福说了好一会儿话，才觉出家里环境的不对劲来。他走到丁吉花买的放着软垫的藤篮前，用鞋子把它掀翻在地上，说："这是什么鬼玩意儿？"那是她为猫买的榻。

她气得转身，从电视柜后面把猫抱出来，去挠它的下巴颏儿。

"我辛辛苦苦挣了钱，你就拿来喂这个畜生？"田福福从裤兜里掏出一沓厚厚的人民币放在沙发上，慢慢地说。然后解开衬衣的扣子，转过身往厕所走，脱了脚上的鞋子，赤着脚走进厕所。"过来帮我洗澡。"他扬声说。

丁吉花感情受到了伤害，然而看着那沓钱，她也不知道该怎么辩解，只好把猫放在地上，它一溜烟地又不见了。

厕所里，她用莲蓬头冲着他的头发、他的脸、他的胸膛、肚皮、小腹、阳具和一小截腿，就像她之前千百次去冲洗他的顺序。他的每一块皮肤与骨头，她都熟悉。

"巡讲成功吗？"她问。

他脸上露出有些吊诡的笑，答非所问："现在的女学生啊，真是和你那时候不一样了。你那时候羞得……"

她想象着他出现在讲坛上，人们先是诧异，继而爆发出雷鸣般的掌声。他在台上吐出美丽的字眼，台下的人露出仿佛迷醉的表情。宗教化的场景。

田福福说："有个电视台看了一场我的讲座，说特别好，特别励志正能量，邀请我们……”

丁吉花纠正道：“邀请你。”

他说：“不是，就是咱俩，要一起上台，说我们俩的故事，还要补办一个现场婚礼。”

丁吉花有点儿反应不过来：“咱们不是有婚礼吗？”

田福福没什么反应，哧哧地笑道：“我问那个主持人真人是不是也像电视里那么好看，腰细得只有一点点。王帅说真人丑，像个棒棒糖，脸黄不拉几的。”

丁吉花继续努力地问：“咱们为啥还要上电视办个婚礼呢？”

田福福说：“我是没问题，上电视之前要给你培训一下，要一炮打响。”

丁吉花在他话语的间隙问：“福福，我没听懂，为啥……”

他不耐烦地大声说：“再现场演一个，演，演，演你还不会吗？”他转过身，去拿墙角的一瓶洗头膏。

丁吉花看着他的脊背，如同刀脊一样，厨房砧板上的一把菜刀……她摇摇头，让自己不要再想下去。

田福福一边用大浴巾擦干自己，一边往厕所外走。当他踩到自己的鞋里，忽然大骂了一声：“操！”那只暹罗在他的鞋子里拉了一泡温热的屎。

他伸长手臂，一把抓过那只想跑的猫，逼它与自己对视，仅仅一瞬间，他们就立刻察觉了彼此的敌对和仇恨。他在它的蓝色眼睛里看出了仇视与鄙夷，一张狡诈的反人类的脸。

猫如水一样从他的手里滑走，躲在自己的软垫下面。它察觉出这个家庭的怪异，男人一心想把自己除掉，女人对自己的过度溺爱不仅没有起到保护的作用，反而增加了危险。它不知道人们为什么要说这么多的话彼此伤害，为什么不能去摸摸对方的肚子，或者去舔舔对方的手？

它不知道，到了晚上他们还躺在同一张床上睡觉，假装一切分歧都没有发生，假装要共同面对某种命运。它想，人是很有悖常理的动物。

它不断提醒自己要保持警觉，不要睡着，要睁着眼睛小心可能发生的危险。可温暖的环境带来一阵阵的困意，它还是舒服地睡着了。

猫在一片黑暗中醒来，它立刻发现自己不是躺在惯常的软垫上，而是一块污秽的塑料皮上。它嫌恶地舔了舔自己的爪子。

黑暗中猛然裂开一道缝，灰蒙蒙的阳光射了进来，白烟一样。猫便顺着这道缝跳入阳光之中，敏捷而轻巧地落在碎石地面上，头也不回地跑远了。

把男主人的怨懑与女主人的缠绵，还有温暖的软垫和罐头，都远远地抛在了脑后。它的记忆短暂，因此从不留恋什么。

看到猫跑远了，田福福撒了泡尿，把后备厢关上，回到车里，继续往前开。车窗外是一些破败的汽车维修店和五金店，还有呆滞的孩子们站在路边死死地盯着移动的汽车，仿佛那是他们人生唯一的娱乐。

他心情非常轻松，打开了收音机，路有些颠，他感觉到自己的肌肉在“哆哆哆哆”地颤抖着，还能感到自己的肉和盆骨，他觉得很幸福。

“你说，我们现在是不是最好的时候？”他忽然说。

副驾驶上坐的是丁吉花，她低垂着眼睛，眼泡和脸都肿肿的，极困倦的样子，没有回应。

“没睡好啊？”田福福问道，语气罕见地温柔。她模棱两可地摇摇头。他忽然想起，深夜两三点醒来，模模糊糊地看到丁吉花似乎坐在床边看着他，他原本以为是个梦。

“你自己说说，你现在高兴不高兴？”话一问出口，田福福才发现自己从来没有问过丁吉花这个问题。原来流浪的日子里，他总是问她：“饿不饿”“冷不冷”，现在，他问的是：“钱够了吗”“我讲得好不好”。

丁吉花垂着眼睛，说：“我高兴。”

田福福发出动物一样古怪的笑声，说：“你撒谎。你知道我为什么知道吗？因为我也不高兴。”

丁吉花很惊讶，她原以为牺牲了自己是为了成全他，没想到他也没有得到幸福。她原想着自己如沉船一样沉到海底就了结了，没想到他也在这沉船上。

“那么我们分开吧。”她说道。

没想到他大笑了起来，头往后仰着，笑声向上飞起，触着车顶，又重重地弹回他的脸上：“你怎么这么天真？离婚了，我不就完了。”

一个贩卖“爱情战胜一切”的故事的人，怎么能够以爱情的破灭作为故事的结束。

车往越来越荒凉的地方开着，路没有尽头，就像生活一样，可怕的不是死，而是能无止境地延伸下去，无止境地坏下去。

田福福继续说："不过，我今天倒是很开心。"

丁吉花说："为什么？"

田福福说："因为我刚刚把那只浑蛋杂种给扔了。"

丁吉花震惊而愤怒，第一反应是去抢他的方向盘，要把车开回去找那只猫。

"你疯了吗？"田福福一只手握着方向盘，伸长另一只手臂扣在她的喉咙上，要把她推回座位上。手上的力道重了些，丁吉花眼前渐渐模糊了，鼻腔和眼眶变得热和湿。

当感到丁吉花的挣扎变得有些软弱的时候，田福福才惊恐地停下来，看着她满脸泪痕。

他紧张地看着她，只能吐出"你"一个字来：

你没事吧？

你生我气了吗？

你配合我的工作好不好？

你原谅我好吗？

你再给我一次机会。

你再给我一次机会。

"你怎么越来越像你妈了？"他脱口而出。

他立刻意识到说出去的话已经无法收回，正如他的成功无法收回，他们现在的生活无法收回，他的自私和加注在她身上的冷淡无法收回。

丁吉花在他身上付出的半生时间无法收回。她伸出手，想要摸他的头发。他的头发一向是她剪的，这回他回家，她却发现他的发型变了，额头前的头发翘了起来，显得更时髦。

田福福微小的一个躲避的动作，点着了丁吉花心中的导火线。她的手在身旁的车门上摸索着，在车把下的置物篓里摸到了一把冰凉的螺丝刀，往前一划。

她的大脑与视觉都出现了十几秒钟的空白，待到恢复的时候，她眼前的田福福已经彻底安静下来，像一棵盆栽植物。她把他的头放在自己的胸前，他不再能够抗拒和躲避她的抚摩和亲吻。

5

火车经过一片湖，夕阳把那片湖染得像血一样。

田福福最后的眼神是很怪的，他看着她，目光又穿透了她，看着她身后无穷的过去，还有远方。她也看进他的目光深处，仿佛是要在他与她今生今世的联系彻底消失之前，看清他对自己所有的爱与仇恨。

直到田福福彻底死去，这目光也一直伴随着丁吉花，她觉得他还陪伴着自己，枕在她的胸前，依附在她的心跳上，要等到两人的相互亏欠和加注在彼此身上的伤害一点点消失，他才会随之消失。

丁吉花看着窗外不断倒退的风景，心里有种古怪的感觉：仿佛人生也在不断地倒退，她奔赴在一条通往过去的道路上。她要去武威，去她爱的人生命的起点。

她爱的人已经死了。

# 维也纳·衣柜

自己会在另一个真空里活着，
孤独，但活得比任何人都长久。

## 一

假如拯民没有和科夫分手的话，此时他应该已经到了泰国，穿着沙滩裤和夹脚拖和科夫坐在街边喝冷饮，或是租一辆摩托车，带着科夫无所事事地满城转悠，而不是像现在这样，在小区门口焦虑地等着他母亲到来。

可这也不是他能够左右的，因为分手是科夫提的——他预备和别人开始一段关系。科夫把两人同居的房子留给了拯民，已经付了首付，只需拯民每个月还房贷。

科夫在拯民外出的日子把自己的东西全部搬走了。拯民回家的时候，房间已经被小时工打扫得干干净净。

小时工是个五十多岁的安徽阿姨，白净肉感，干活儿很细致。她每周来打扫两次，从垃圾桶里用过的避孕套猜出他们之间的关系之后变得异常沉默，脸上不再洋溢热心的笑容，每次都恶狠狠地像是清除瘟疫一样清理房间，嘴里喃喃念着佛经。科夫和拯民在卧室故意大声胡闹，有种报复的快乐。

科夫是拯民在感情这条路上的启蒙老师，拯民十八岁和他在一起，两人的关系快乐而稳定，幸福得不时感到无常。三年——这是科夫最长的一段感情了，知道他们分开的人都觉得可惜。

圈子里分分合合本属正常，拯民已经练得听到任何恋情的开始与终结都处变不惊。他们的悲欢离合与生老病死都是加速度的，一生比普通人要经历更多的轮回。

然而，当拯民看到科夫和新的爱人的合影——一个还在读高中的少年时，他心里还是一惊：自己是个弃妇。

刮了一阵冷风，他只觉得自己五脏六腑都空了，皮囊被吹得叮当作响。

终于看到母亲，她背着双肩包，拖着一个米色行李箱，穿着深蓝色的男士运动外套，戴着男士的毛线帽。远远地看，就像一个老头儿。

拯民发现，爱自己记忆中的人很容易，但是当他们出现在你面前，向你迎面走来的时候仍然去爱，是一件困难的事情。

发现自己的儿子，母亲兴奋得加快了脚步，走到拯民面前。他为了避免拥抱的仪式，很早就把手插进牛仔裤的兜里。

这也没有避免母亲给他一个巨大的拥抱，然后向后退一步，带着欣赏的目光凝视着自己的儿子。她依然感到极度满意，这个异常英俊的青年，竟然是产自她的子宫。

她端详着他的脸，忽然惊呼一声：“这是什么？”

她指着他耳垂上插着的一根小细棍子。拯民曾经和科夫戴了情侣耳钉，分手之后他把耳钉取了，小细棍子是为了怕耳洞消失。

“摔了一跤，耳朵被扎穿了。”拯民低头帮母亲拿行李。

“怎么搞的？”母亲咝咝地倒吸凉气，凑上前去揪拯民的耳垂。

他身子一扭，挣脱了她的手：“骗你的。”

母亲沉默不语，跟在拯民身后，像一个烟囱一样粗重地呼吸，作为一种抗议，这是她对一切超出她理解范畴事物的反应。

拯民没有像少年时期那样无所适从地观察她的反应，而是大步往前走。在电梯里，母亲谄媚地去捏儿子的手臂，说：“吃什么了？这么结实！”

拯民在锃亮的电梯门上看到自己，他从小恨自己过于秀气的长相。欢爱过后，一张白若凝脂的脸越发显得嘴唇润红，科夫笑话他是“何晏”——魏晋时代的美男子，皇帝怀疑他的白是抹了粉，就故意在夏天给他热汤面吃，何晏吃得出汗，用袖子一擦，脸更白净。

拯民听他这样说，反而生气：“我不是你的男宠。”

他开始对自己进行斯巴达式的训练，每天几个小时地在把自己吊在健身器材上，四肢如树的枝干一样生长，肌肉曲折流畅，连脖子都粗了。把自己练得这样风姿俊秀，却不再有人欣赏，不再有人抚摩了。

但这些，母亲怎么可能知道。假如母亲知道他那些污秽不堪的夜晚，那些抚摩过他身体留下的烙印，她会不会吞掉所有的药片，或是用头去撞墙？

但是母亲不知道，他们之间隔着一万光年。

二十一楼到了，拯民输入密码，门锁传来轻快的音乐，“咔嗒”一声门开了，母亲对这个过程啧啧称奇。

只是一个开间，价格却并不便宜。小区地段好、楼盘新、设备先进，极其隐蔽。电梯里总是出现光鲜的中青年，隔很远站着，低着头，传达出“谢绝交流”的讯息。

这是一栋寂寞的公寓楼，拯民大概是其中最寂寞的人。他至今也没有从分手中恢复，他不再去健身房，而是把自己囚禁在房间里，每天花全身的力气强迫自己做一两个小时的翻译来挣下顿饭钱和还房贷。其他时候就坐在地板上，听自己的心一点点被白蚁啃食干净的声音。

他听说寂寞会让人无耻，做出疯狂而肮脏的事情来，可那一定是还没有寂寞到极点。他脑中空荡得连性欲都丧失了，一片枯索荒凉，阳具如同被扎了一个洞的气球。

拯民开始花大量的时间大扫除，清洗床单和地毯上疑似精斑的污渍，清扫木地板每个微小缝隙里的尘埃。为了迎接母亲的到来，他在白得毫无瑕疵的墙上挂上高中毕业的暑假和母亲在公园的一棵桃树下拍的合照。

母亲在阳光中皱着眉头打量着这个屋子，像薛宝钗的“雪洞”，四白落地，没有装饰和摆件，连沙发都没有，只是几个浅灰色的坐垫。空荡、自虐，像个苦行僧修道的地方。

这个想法让母亲不悦，她问：“一个月的租金多少钱？”

拯民无法说这房子是赠品，就随口报了月供一半的价格。

母亲立刻大声表示这笔买卖的不划算，同时开始挨个角落地审查。她在冰箱前停留的时间最长，久久地盯着冰箱门看，上面贴满拯民随手拍的照片，拯民知道母亲在仔细搜索照片里有没有他交女朋友的痕迹。

他忽生一股子烦躁，随口问道："餐馆生意怎么样？"

母亲躬着的身子僵了一下，说："不好，盘出去了。现在是一家韩国烤肉馆。"

拯民暗自吃了一惊，那家餐馆是母亲大半生经营的心血，是一家湘菜馆，却叫"维也纳风情"。味道重油重辣，不讲究的食客们吃得热火朝天。母亲在收银台后满意地看着自己一手搭建起来的宫殿，在罗曼蒂克的昏黄灯光下，墙壁上的油画印刷品也显得不那么廉价了。

离家前，拯民目睹着餐馆的生意和母亲的容貌一样日渐凋零下来。他此时不想让母亲再大吐苦水，只是轻描淡写地说："挺好，你终于能轻松些了。"

母亲在整间屋子里连一根属于女人的毛发都没有发现，失望又侥幸地坐在床上，像个小学生一样把手放在膝盖上。随口附和道："嗳，厨子、服务员都走了，可惜还是可惜的。"

她年轻时属于英气的长相，大眼方脸，老来更是分不清性别，头发削得像个少年，运动外套的拉链一直顶到下巴，没有脖子，头就显得无依无靠。已经有点儿老花，却坚决不戴眼镜，常年眯着眼睛，靠视网膜外一层湿润的水汽看清楚一切。

在过去的三年里，拯民一直在训练母亲对他的生活保持距离，训练她不要让过分黏稠的爱溢出，训练她沉默。他的训练似乎成功了，母亲终于不再用滔滔不绝的话来烦他，可他反而觉得怅惘。

这几年母子的关系降到冰点。她知道要是专程来看儿子，拯民一定不会答应，甚至可能躲起来。这次，是她的母亲生了病，她北上探望，在转车的空隙来借机看一眼儿子。

沉默中，母亲忽然说："上帝保佑你姥姥。"在胸口画了个十字。

拯民知道母亲这两年信了基督，每周末都去做礼拜，还结识了一帮唱诗班的老姐妹。他对那十字架是很恐惧的，取笑母亲道："上帝和你说中文还是说英文？"

母亲支支吾吾道："上帝每天那么忙，咋可能理每个人？得到一定的阶层，他才会和你讲话。"

拯民冷笑道："那他还怪势利的。"

母亲的脸色一下子变得愈发苍白，两颊上的肉抖动了一下，又低头在胸口画了个十字。

拯民意识到自己把失恋之后的愤怒与狂暴都发在了这样一个可怜的妇女身上，他略带愧疚地从橱柜里找出两盒别人送给科夫的日本羊羹递给她。母亲惊叹地抚摩着暗金色的盒子，上面印着半轮落日和血色大雁。她像个孩子一样轻易地重新欣喜："我也给你带了礼物。"

她从双肩包里翻出两件皱巴巴的鳄鱼牌T恤，在拯民胸前比画着，两件都是酱菜绿，一看就是商场大减价时慌乱拣的，连尺码都不对，松松垮垮。母亲满意道："多精神。"

拯民在镜中似乎看到了自己年老时的样子，他惊悚地推开母亲的手，背过身去。母亲上前一步，拉开拯民的衣柜，准备把T恤放进去。他来不及阻挡，就听到她颤抖着大喊一声："上帝老天爷呀！"

衣柜里放着一张巨大的照片，是拯民从床头的墙上取下来藏起的。那是他和科夫的照片，两人模仿当年约翰·列侬和大野洋子的经典姿势相拥着，拯民全裸地躺在床上，挑衅地看着镜头，科夫也全裸着，侧躺蜷缩偎依在拯民的怀里。拯民舍不得扔掉这张照片。

母亲看着照片，发出一声摧枯拉朽的悲鸣，那句在拯民的童年和少年都为之心碎的话，如同夜航船的汽笛，贯穿在他每个梦魇里：“我的乖乖哟，你为什么要这样对你的老妈妈！”

## 二

假如拯民没有认识科夫的话，他现在应该积极准备着毕业，骑着自行车穿梭在宿舍楼和图书馆之间。凭着他的成绩申请到了不错的美国学校，或许他会为了逃避母亲，在毕业后留在国外。他会有一栋不错的房子，花园里种着欧洲夹竹桃。或许他会娶妻生子，养一只狗，偶尔在妻子、孩子都不在家的周末午后，花钱找男妓来满足自己的欲望。

可是拯民认识了科夫。

拯民从小到大成绩优异，老师说考卷上问题的答案仿佛写进了他的血液里。拯民自己却知道，他并不是智力上的天才，而是在人情世故上有超凡的敏锐。当他看着考试题目，他脑海里立刻能浮现出那个绞尽脑汁伏案出题的人——他的长相、喜好和企图，立刻知道该怎样去讨好他。

还是个孩子时，他的朋友就是年龄至少是他的五倍的人。母亲至今依然津津乐道：五岁的拯民和邻居老头儿坐在夕阳里玩成语，老人说：“绿树成荫！”他说：“一叶障目！”老人说：“夸父逐日！”他说：“四海为家！”

拯民没费什么气力就考上了全国最好的大学。和其他乡镇级、省市级、国家级的神童一样，人生第一次握在自己手里，虚无得一塌糊涂，只好用加倍的勤勉与忙碌来掩饰自己的迷茫。

拯民兢兢业业地考第一名，逼教授给出史无前例的高分。早晨六点就起床，在学校池塘边上把一本英文词典翻来覆去地背。

他过剩的精力来源于他没有情感生活，他没有对任何女人产生过欲望——无论是身体上还是心灵上。他一直以为是母亲给了他过于浓重而热烈的爱，如同在清晨饱食了一顿，直至中午都不觉得饥饿。他乐观地想，等到母亲爱的烙印逐渐散去就好了，他就可以恢复正常。

直到他遇到了科夫。

科夫是富家子弟，在国外学了几年艺术与哲学，回国后无所事事。他和拯民认识的所有人都不同：对拯民来说无比艰巨的事情，对他来说不值得一提；拯民深信不疑的东西，他觉得非常可笑。拯民在他面前深深地自卑，因此深深地被他吸引。

第一次见面，是在传说中的世界末日，拯民的师兄邀请他去郊区，说有好几个朋友租下一个别墅举办派对。拯民一进门就看到科夫，他显然是人群的中心，很放松地坐在沙发正中，穿一件挺阔气的白灰夹克，背后印着一个扑倒的黑色人形，人形的一只手伸到了衣服的前面，惊悚诱惑。

吃完宅急送的比萨，大伙儿挤在巨大的液晶电视前撕心裂肺地卡拉OK，寻不见科夫，让拯民去找。他发现科夫躲在阳台上抽烟。拯民站在他身边，冷得牙齿发颤："你不去唱歌？"

科夫摇摇头，说："受不了，受不了那音乐，数字化的、电子化的，把所有灵气都吸走了，只剩下电脑里一堆脏不拉几的玩意儿。"

拯民说："我能理解。"

科夫并不看拯民，只是笑笑。拯民的脸立刻红了，解释道："我过去是拉小提琴的。"

科夫瞥了他一眼，继续点点头。拯民意识到科夫根本不在意，更不在意他那股妄图讨好的傻气。

科夫忽然问拯民是否知道福柯。拯民摇摇头，科夫开始介绍那个光头的哲学家，街头抗争时还小心不能脏了丝绒外套的法国人，半夜在酒吧寻欢，回来之后却愧疚地瘫倒于地的男同性恋者，那个死于极为痛切、极为强烈、极为势不可当的快感的性冒险者。

科夫讲福柯在同性恋浴室中寻欢狩猎，独立黑暗的小隔间，求爱的人或站或躺，等待着陌生人的抚摩。

拯民压抑着不安，嗤笑道："你试过？"

科夫笑了，过了半晌才说："嗯。"

拯民沉默了。科夫笑道："你也可以，你比你想象的自由很多。"

零点刚过，末日未来，屋内爆发出热烈的喝彩，不远处的夜色中也爆发出绚烂烟花。喧闹之中，拯民觉得自己听懂了这句话，前所未有地清晰，也前所未有地迷乱，如同一阵狂风搅乱了河的流向。

两人好上之后，科夫曾说过，在烟花爆裂的瞬间，他对拯民刹那股强烈的欲望如同电击，让他手脚发麻。

半夜准备睡觉，拯民就势倒在一楼的沙发上。他是被一双手唤醒的，一双手探进他的衬衫，抚摩着他的胸膛，然后摸到他内裤的橡皮筋。他微微扭过头半睁着眼，看到地上摊着的一件白色夹克，很镇定地继续闭上了眼睛。

那以后，拯民总是穿越大半个城市去找科夫，在地铁上度过的漫长时光，他沉浸在对于科夫体味和气息的羞耻回忆里，身体几乎要化成一摊水，要靠着车厢中的钢柱才能站稳。

科夫的公寓坐落在混乱的闹市区，对面是一座二十四小时不打烊的大百货商厦，大得就像一座城市，流动的霓虹灯映在窗玻璃上。科夫不装窗帘，床就对着五彩变幻的窗户。房间无时无刻不充斥着汽车喇叭声、小贩叫卖声和大排档的喧嚣声。拯民总是觉得自己身处一部无休止的吵闹电影里。

他们长时间地躺在床上，并不说话，只是听着楼下的市井声。两人像是从世界中剥离出来的天人，以嘲笑凡人的生活为乐。

和科夫在一起，拯民总有种挥霍的感觉，无论是对物质还是时间。科夫的朋友们都是和他一样年轻漂亮的富贵闲人，不知名的艺术家和贩卖青春的模特，他们轮流去彼此的家中聚会、喝酒、看电影、拍摄彼此美丽的身体，不知老之将至。

拯民每一天都有末日感，是今朝有酒今朝醉吧。他曾经最爱的清晨，如今最害怕——看到太阳照常升起，就一阵惶恐。到了学年末，教务处打电话来警告这样再缺课下去可能会留级，拯民开始临时抱佛脚地准备应对考试。科夫躺在床上，看到拯民坐在地上散落摊开的书里，笑道：“你以为文凭能值多少钱？”

拯民见过大学应届生，住在学校附近的八平方米的地下室房间，充满异味的走廊，洗澡、上厕所和用水都是公共的，白天上班就如老鼠一样从地底涌出。拯民想到辛苦读了四年书还是这样惨淡地生活，实在不值，就这样办了退学，专心致志地与科夫同居，穿梭在城市五光十色的迷宫秘道里。

拯民学习科夫对于仪表和细节的重视，学习他讨厌一切坚硬的东西——从食物到鞋底，学习他永远把自己的感官调到最灵敏的频道。两人都颀长白皙，神情都相似，看起来就像水仙花少年以及他在水中的倒影。

无论是生活方式还是样貌，都是靠钱堆出来的，他们用的当然是科夫父亲的钱。科夫此生最大的矛盾，是他既憎恶金钱所代表的庸俗，又要依靠金钱获得憎恶他人的资本。

科夫说自己要一点点从父亲那里套出够几辈子挥霍的钱，然后向父亲公开自己的性取向——给父亲最后的打击。

然而，科夫的父亲却在报复来临前死去了。科夫去医院看了父亲最后一眼，回来之后沉默了好几个小时，然后拿出闲置很久的小号坐在窗边吹奏，佝偻着的脊背在午后勾勒出一道瘦弱的光，脚缓慢地打着拍子，像是一座古董钟。

科夫吹出的一切是如此温柔，让拯民的心一抖，几乎滚下热泪，他想和那些消逝在空中的音符一样，跪在科夫的脚边，乞求和他多待一会儿。

那天晚上，他们互相吻着，科夫如小兽一样呜咽许久，然后转过身去，洁白的背脊如同剑锋上的寒光。拯民像瞎子一样伸手去摸索，却只摸到孤独。他意识到，自己永远无法给科夫安慰，永远也无法走进他的脑海，修改他的孤独，哪怕一丝一毫。

那天之后，科夫和圈子里的朋友全断了联系，买了这套较为安静的西边的公寓，自己则经常好几天、好几个礼拜失去联系。这是拯民的初恋，他后知后觉在几个月后才发现，科夫正在以一种伤害最小、最自然而然的方式跟他告别。

直到科夫彻底地离开，他们那些曾经的朋友也随之彻底失踪，拯民才发现自己是科夫半途而废的赝品，一切倨傲、堕落和虚无都是狐假虎威。骨子里，他从未长大，他依然是那个谨小慎微去讨好他人的孩子。

## 三

假如拯民和母亲的关系没有破裂的话，那么他就不会如此孤独。他或许会尽一切努力去做一个让母亲骄傲的孩子。他不会允许自己堕落，他会是人类的大多数，愉快地在他人制定的标准里过完一生；他不会允许自己心碎，不会允许自己在深夜号啕。

可是，拯民却无法原谅母亲，无法原谅她在他身上施加的一切。等她意识到拯民渐行渐远的冷漠时，才发现两人关系破碎得无法修复。她曾徒劳地让拯民回忆往昔，以此来唤醒他心中的温情。她不知道的是，拯民都记得，这也是他痛恨母亲和自己的原因——他什么都记得。

他记得自己小学放学后，就去母亲开的餐厅待着。餐馆打烊，她会骑自行车带他回家，他坐在前杠上，困在她的怀抱里。回家之后，母亲会像一个奴隶一样给他洗脚，他在一阵阵波浪一样的暖意中打瞌睡。

七岁那年，母亲带他去琴行买下了那把最昂贵的小提琴。然后骑自行车带他穿越半个城区，到了一片被银杏覆盖的居民区，敲了其中一家的门，一个威严的银发老太太开了门。

母亲到底是如何说服本市最有名的小提琴老师收拯民为徒的，他一直都不知道。潜意识里他也不愿知道，不愿猜测，只是加倍努力地练习，要把此生最杰出的成就奉献给母亲。而母亲从不缺席他的演奏——无论是在老师家上课，还是在家练习，抑或是在学校里表演。母亲总是双脚局促地放在地上，微微屈着膝盖，半眯着眼睛，仿佛在认清空气中的小字。

那是他们母子关系最为融洽的时期。“成为一个著名的小提琴家”的目标，如同藤条一样紧紧地把他们绑在一起。

母亲餐馆的生意蒸蒸日上，人手开始紧缺。某日拯民放学，看到后厨的碗橱里堆积着还没来得及洗的碗盘。他立刻卷起袖子，蹲在大澡盆旁边开始洗碗，同时享受着四面八方的赞美声。

母亲进入后厨时看到的就是拯民的双手浸泡在满盆的肥皂泡里。

“我的乖乖哟，你为什么要这样对你的老妈妈！”她惊叫着跑到拯民身边，把他的双手紧紧抱在胸口，眼泪顺着脸颊流了下来。拯民羞赧地向她解释，那一天是“三八妇女节”，老师要求每个同学帮妈妈做一件事。他继续解释劳动是一件光荣的事情。

“我的乖乖哟，我不让你劳动，你好好拉琴就是对妈妈最大的报答。”

那天之后，拯民的练习变得更为勤奋痴狂，用老师的话说，“烟火气全消”。每一次他将小提琴架在肩膀，母亲挨个亲吻他手指的画面就出现在他的脑中，他狠狠地把手指碾在琴弦上，用疼痛把这画面驱赶出脑海。

学琴的第五年，本市的文艺团体拉到一笔赞助，计划自费租用维也纳的金色大厅做一场演出，作为音乐家的老师也在被邀请的行列。

“你愿不愿意和我一起去演出？”老师问。

坐在一旁的母亲跳了起来。

“我们合奏怎么样？少年和老人，冬天和春天。”老师说。

在接下来的两个月里，“去维也纳”就成了母亲生命中的头等大事。她为拯民定制了一套西装，然后带着他去影楼拍了一组拉小提琴的照片，印成海报贴在了餐馆的墙上。

有时拯民在半夜醒来会发现母亲没有睡着，她望着天花板，那是一副混合着雄心壮志和天真的表情，她的眼睛熠熠闪光，仿佛在酝酿着什么大的计划。拯民被这副表情所吸引，愣愣地看着她，如同虔诚的信徒。他当然知道，母亲在筹划着他的未来，他也决定把未来的成就献给她。

起程前一周，拯民却被告知合奏的节目被取消了。本次演出得到了本市宣传部的高度重视，几次开会讨论如何将节目的格调再升华，最后决定让老师和一个日本小女孩儿演奏，除了原有的“冬去春来”的意味以外，还象征着中日之间友谊长存。

“我们去不了了。”拯民带着哭腔告诉母亲。

母亲把拯民的头紧紧地抱在怀里，她的声音轰隆隆地在胸腔里震荡：“去！我们还是去！”

在维也纳最著名的商业大街上，母子俩走进一家甜品店。母亲在拥挤的店面里找座位，拯民在橱窗里谨慎地挑选着甜点。

“这是什么？”母亲指着拯民放在桌上的餐盘，手掌大的糕点，旁边是一大块奶油。

“Apple Strudel，苹果卷。”拯民说。

两个人用叉子小心翼翼地靠近那一大块陌生而诱人的甜点，旅游的新奇和欣喜之情冉冉升起。母亲把指甲盖大小的奶油含进嘴里就不肯再吃，反复表示自己已经“够了”。她心满意足地看着画着彩云萦绕大天使的屋顶，仿佛在展望一个美好而遥远的国度。

“我的乖乖比所有人都强。”她的神色恬静而愉快，长途旅行的疲惫在她的脸上一扫而空。

拯民吃完后，她用叉子刮去盘子上剩的一层薄薄的奶油，舔干净叉子，然后，她牵着拯民的手，说：“我们走！”

他们按照旅行地图上的路线，去看了城市公园里施特劳斯的雕塑，金晃晃的施特劳斯被天使和鲜花包围着。母亲让拯民去和雕塑合照，拯民扭捏地说：“我更喜欢克莱斯勒。你知道克莱斯勒吗？他曾经出过车祸，所有人都以为他完蛋了，结果一年后他就重返舞台。”

母亲像是全然没听见，忙着一边赞叹施特劳斯雕像的鬼斧神工，一边拍照，然后她牵着拯民的手，再次说：“我们走。”

假如维也纳之旅到这里就结束的话，拯民就会带着一堆相片和印着茜茜公主以及分离派绘画的杯垫回家。他会更加发奋地练习小提琴，成为一个优秀的青年音乐家，报复夺去自己机会的人，让这次挫败成为日后的笑谈。

可是，这次旅行没有结束。他们继续向行军蚁一样前行。不知道走了多久，一直到磨盘一样大的太阳沉了下去。他们到了演出团住宿的华人开的旅店，母亲敲开各个房间的门，把演出团的人集中到大堂。

母亲以一个餐馆老板娘的长袖善舞恳求道：“你们看，我们都专程来了，就不能让我的乖乖上台表演？”

一个戴眼镜的光头男人被众人推选出来，作为和母亲谈判的代表。他是母亲的旧相识，唤母亲的名字：“唐瑶，这回真的困难。看在我的面子上，等下次，下次吧。”

母亲涨红了脸说：“不，就要这次。让我们上台！”

光头男人望向拯民，笑着说：“你看，你的妈妈多么爱你。”他的眼神在镜片后显得冰凉讽刺。

在众人古怪眼神的注视下，拯民全身僵硬，他死死盯着窗帘的绑绳，想象着有一串火苗从绳子开始烧，火焰从窗帘延伸到木地板，热与火光迅速吞没整个屋子。他拖着母亲，作为仅有的幸存者逃出这个房间。

可这一切都没有发生，发生的是母亲长期累积的烦闷和愤怒一下子爆发。那高声的咒骂如今依然时不时地回响在拯民的耳畔："你们凭什么这样欺负我们孤儿寡母！一群王八蛋，小心眼！你们不知道他以后会多了不起！"

拯民紧紧地靠着昂首挺立的母亲，他看到了小提琴老师正盯着自己，那威严的老太太脸上露出难堪和同情。他的脸顿时红了，在无限蔓延的时间里，他是一头惶惑无助的小动物。

在母亲与众人混乱地争执时，没有人注意到拯民跑出了大堂，他穿过一小块空地，跑到旅店的车库。车库里停了一辆落了灰的白色大众汽车，车旁边散落着几个敞开的纸箱子，里面装着厨具和中餐的调味品。

他蜷坐在地上，把下巴放在膝盖上。车库里听不到母亲的声音，只有紫黝黝的天空高悬着白月亮，月亮被卷着的铁门横腰截断了一半，像一盏普通的路灯。

铁门下站着一个小小的身影，昏黄的月光勾勒出轮廓，一个童花头女孩儿，不会超过十二岁，她提着小提琴盒，好奇地向车库里打量着。

黑暗中，拯民看不到她的眼睛，不知道她有没有看到自己。即使她看到自己，她也不会知道是她夺走了他的演出机会，夺走了他母亲的骄傲。

明天，她会在台上演出，而他只会和母亲待在一起，承受母亲未发泄完的怨恨。

她一步步靠近，皮鞋鞋带的金属扣敲打鞋面发出声响。她走一步，他心里一紧。

“不要过来！”他说。女孩儿的脚步停住了。她没有想到车库里有人，她以为纸箱后发亮的眼睛属于一只野猫。

这时候，不远处的旅店里传来母亲凄厉的哭叫声：“我让你们一个人都演不了！”然后是木头椅子被踢翻的声音。

女孩儿听到声响，站住脚回头。拯民趁机迅速地起身，往同样的方向跑。当他超过女孩儿时，他感到脚下有一瞬间的停顿，仿佛踢中了什么沉重的东西，他的身体变得很轻，却没有跌倒，继续向前跑。

这时，他听到身后传来“哗啦”的巨响，是什么东西倒塌了，他没有回头。

直到人们从旅店里跑出来，他躲在人群里看到自己身后发生了什么：车库的卷帘门砸了下来，小女孩儿倒在地上，小提琴从琴盒里摔了出来。

他看到人们向小女孩儿跑去。“这车库的卷帘门是坏的啊！是谁把固定它的东西踢翻了？”旅馆的老板发现了事故的原因，人们大声重复着这个发现。一个穿着白色衣裤的长发女人向倒在地上的女孩儿跑去，发出胡狼一样的号叫。

拯民的心惊恐地狂跳。他不记得母亲是什么时候牵着他的手离开的。母子二人走得很快，整齐地迈着大步，连呼吸的频率都同步，像是训练有素的部队。月亮悬得很高，每升高一寸，就多了一分凉意。他和母亲交握的手心却沁出了汗，他把手掌在衣服上擦擦，另一只手被母亲紧紧攥住，不一会儿手心又变得濡湿，是母亲的汗。

“我们什么也没干。”母亲轻声说。

拯民转过头，看到母亲的脸和月亮一样苍白。他从脚底板上升出一股麻意：他们不是无辜的，他们是共犯。母亲许下恶毒的心愿，他替她实现。他的衣服上沾上了血，她用宽大的裙子挡住。

回家之后，母亲告诉他：“那个小姑娘没有事，只是一只耳朵听力下降了而已。”

拯民把小提琴放进盒子里，放在衣柜的最深处。他最后一次用力地嗅了一下松香的气味，然后用力地把它掷出窗外。

母亲把餐馆的名字改成了“维也纳风情”。拯民一直认为，这是她对他再也不碰小提琴的报复。

## 四

假如拯民有父亲的话，他就会拥有一个正常得多的家庭，他生命里会有一个权威的男人，教会他打乒乓球和篮球，给予他反抗——包括母爱在内的——生活里一切障碍的勇气。一个有男人味、幽默而且聪明的成年男人，会为拯民分走一些母亲的爱和关注，让他有喘息的机会。

可是拯民没有父亲。

他从来没有见母亲五十多年的生命中出现过除了自己以外的男人。没有丈夫，没有情人，没有娱乐，没有火花。她全靠自己，以马拉松运动员一样的毅力在生活里奔跑着。

在母亲成为母亲之前，母亲叫作唐瑶。

唐瑶的青春是在青年剧团开始的。

闭上眼睛，依然能回到那个迷宫。狭窄隧道一样的走廊，立满了挂着衣裙的架子，结婚蛋糕一样的蓬裙洋装、深蓝色宽身棉旗袍、伶仃的鲸鱼骨衬裙，花枝招展的鬼魅般的女孩儿从中跑过，裙子们随之旋转起来。

隧道通向一个个神秘的房间，每个房间都是一个衣柜，散发出不同的迷人香气。樟脑球散发出令人安心的气味，保证这一个个花团锦簇的梦洁净无尘。丝绸如海浪般抖动，泄露出少女的脂粉味。紧身胸衣上汗液和香水的味道附着在旁边的皮毛上，随着皮毛的呼吸吞吐。

在层层布料的遮蔽下，唐瑶首先见到的是一双纤长的小腿，脚踝上系着一条细链。纤长的小腿，裸露的背是小提琴的形状。女孩儿反手背在身后，正在着急地扣上金色的胸罩，女孩儿回头说："快过来帮我！"

唐瑶赶紧上前帮她系上胸罩，女孩儿胸前出现了真正的女人才有的沟壑。她裹上红色的纱丽就匆匆地冲出门，赤脚在水泥地上发出水滴似的"吧嗒"声。

在美女如云的剧团，那女孩儿也是出挑的。从他人的议论中，唐瑶得知女孩儿叫叶莺，美女的是非总是要比别人多。再次见到叶莺是在宿舍楼，她穿一件露腰的衬衫和紧紧包住臀部的格子长裤。被锁在门外的她，一边用力拍门，一边对着门内骂：“你们凭什么？团长都管不住我！你们凭什么？”

所有女孩儿都站出来看热闹。叶莺认出了一面之缘的唐瑶，向她走去，说：“你宿舍就你一个吧？我跟你住。”

唐瑶在团里资格最老，和她同住的女孩儿过不了多久就会离开，如同到了秋季就会被收割的一茬茬庄稼。大家都预测叶莺待不了多久也会走——“她那么骚，不知道哪儿才容得下她。”

出乎众人的意料，叶莺成了唐瑶时间最长的室友。别人都说是因为唐瑶随和，只有唐瑶知道是因为叶莺聪明。美丽的女人像水蛭，吸附在周遭虚弱的个体身上，消耗他们、削弱他们、吞噬他们，直到他们再也不能给予才罢休。然而叶莺不是这样，她小心翼翼地控制着自己的美丽，不蔓延和侵占唐瑶的空间。在她面前，唐瑶从不觉得自己黯淡。

唐瑶厨艺高明，使用有限的厨具也能迅速做出天天不重样的两菜一汤。傍晚回宿舍吃饭，叶莺从不空手，有时带着花，有时是酒心巧克力，有时是两个水晶酒杯。其中有多少是两性狩猎场上虏获的战利品，唐瑶从来不问，叶莺也不会说。

吃完饭，两个女孩儿坐在阳台上谈论自己的未来。

“你觉得自己以后会嫁给什么样的人？”唐瑶问。

叶莺把脚跷在栏杆上，小而圆的指甲上涂了鲜红的蔻丹，她说：“好看的，浪漫的，有名的，爱我的。”

“林康生那样的？”唐瑶问。林康生是剧团最英俊的男演员，所有新入团女生的暗恋对象。

叶莺发出一声冷笑：“怎么可能？”她斜睨唐瑶一眼，“难道你喜欢他？”

唐瑶愣了一下才否定。她多羡慕叶莺的骄傲和对自己情感的笃定。起风了，叶莺伸出双臂放在脑后，闭眼享受风吹拂在脸上，睫毛乱舞。她露出一小截细白的腰。唐瑶从房间里拿出珊瑚绒的毯子，盖在她的身上。

“林康生喜欢你。”唐瑶说。

“哦？你怎么知道的？”叶莺虽然不喜欢林康生，但依然忍不住好奇，嘴角止不住地上扬。

“团里要排的下一出剧，他听说女主角是你，求团长让他演男主角。”

要排的剧目是《微笑之国》。匈牙利作曲家雷哈尔的轻歌剧，讲的是一位奥地利的伯爵千金小姐丽莎爱上了一个王子，并追随王子来到他的故乡中国。然而，中国的一夫多妻制让丽莎对爱情绝望。王子的妹妹则爱上了跟随丽莎来的奥地利军官，最后，军官和千金小姐一起返回了奥地利。

剧团请了一个留洋归来的导演重新改编此剧，把唱词全部变成中文。叶莺凭借深邃的五官当然得演伯爵千金丽萨，林康生演王子，导演看中唐瑶内敛的性格，让她演王子的妹妹。

排练的日子，导演穿着皱巴巴的黑色风衣走进来，长发，胖乎乎的脸上锃亮的小眼睛，目光时而会变得非常锐利。他说："这出戏的看点，all about文化差异，Culture difference，So，王子一定要显得可笑，愚昧。王子的妹妹也是，像木偶，puppets。两个人脸上要涂上大红色的腮红，很stupid的……"

唐瑶和林康生异口同声地反对。开始排练的时候，林康生抱臂站着，高大而青春的身体伫立着，具备天生的正义感。导演的脸色变得非常难堪。这时，唐瑶注意到叶莺在观众席上，微笑着注视着导演的后脑勺，目光非常平静。

那天晚上，唐瑶把饭热了又热，灯开了又关。她听到了一楼宿舍的铁门拉上的刺啦声，铁链把门拴住了。过了许久，唐瑶听到钥匙插进宿舍门的声音，她躺着的身体瞬间变得僵直。

不知道叶莺是怎么翻过宿舍大门的。唐瑶听到叶莺的红色高跟鞋落在地上，拉开裙子拉链。叶莺在唐瑶的床边站了一会儿，呼吸中有着一股沉静的微醺，叶莺轻声说："我要拍广告啦。"唐瑶翻了个身，侧身朝墙壁，用枕头盖上耳朵。

唐瑶一直躲着叶莺，直到盛大演出前一天的带妆彩排。化妆间里，叶莺怎么也梳不好头，气得把牛角梳摔在地上。唐瑶走到她背后，将她的长发中分盘起，露出颈项和光洁的肩头，连鼻头都泛着光，像森林中的女神，像天上的人。

排练到最后一幕，被软禁起来的丽莎哀求王子让她回国。叶莺被绳索捆绑，却迸发出强烈的生命活力，婀娜而坚强，她眼里晶莹的泪光让台上台下所有的人都忍不住战栗。王子终于解开了绳索，丽莎逃走，裙角下的雪白裸足消失在了幕布后面。

最后，王子和唐瑶扮演的王子妹妹站在空旷的舞台上，场灯暗了下来，只有一束惨白的聚光打在林康生身上，他面对着唐瑶的脸半明半昧，唱着最后的歌词："我们住在微笑的国家，不论心里多么悲伤，也一定要面带微笑。妹妹呀，你看我在微笑，你看我在微笑。"

他恍惚而忧伤的目光，是在对唐瑶说：他知道，他们爱的是同一个人。

下了台，叶莺卸妆，胭脂晕成一片，如同红霞。角色的余晖仍充斥在她的身体里，她还是十八世纪的欧洲千金，被定格在绚丽的油画布景前，出奇地天真，并且幻灭之后依然被允许天真。

唐瑶从门后探出半个脸偷偷地看着她，眼圈发热。怎么会有叶莺这样的人？她是革命者，是印度公主，是女佣，是夏娃。她生活在烽火中，在宫殿里，在丛林里。她属于任何时代，她不属于日常生活。她像黑洞一样吸收寻常人难以负荷的悲剧命运，并且只属于那些伟大的情感：战争的悲怆、跨越岁月和大陆的生离死别、血流成河的爱情。

叶莺把脸擦干净，皱着眉凑近镜子，去看右边额头上一颗几乎看不见的雀斑，那属于角色的转瞬即逝的余晖在她身上消失了。

"你说邓丽君以后会找个什么样的人？"在黑暗中，林康生问。

"那个明星？"

"不。"

"哦。你是说叶莺。"唐瑶平躺着，感到乳房像流水一样流淌下来。林康生的手是截断流水的大坝。

“我以后肯定会过得比她好。我已经打算走了，回东北。我有个兄弟在俄罗斯做生意，让我一起去。你说叶莺她有什么资本……”唐瑶不知道哪种情况让她更难过，是林康生幼稚的报复和怨气，还是此时此刻他们的身体靠得如此近，却在谈论另外一个女人。

“你喜欢皮草吗？等我从俄罗斯回来，我送你一件最漂亮的大衣。”林康生的指头触摸到她凉软的小腹。他的手指如此冰冷，唐瑶打了个冷战。她透过紧闭的双眼，看见了一块荒凉的俄罗斯大陆，林康生行走在寒风吹拂的冰雪上，越走越远。他的未来没有她。

她抱着林康生，感到他在她身上一阵突发性的战栗。事实已经发生，她失去了最后一个纠正的机会，不再有假如。

林康生溜回了男生宿舍。房间里却好像还有他的呼吸，很多浑浊的呼吸，却不再有抚摩。

唐瑶睁着眼睛看着墙壁上贴着的美女明星的画报，依稀觉得那很像是成熟了的叶莺，在华服拥簇中露出裸露的背和半个侧脸，眼角的胭脂因为将要上台的兴奋而显得格外鲜红。

在衣柜一样的化妆间门口偷窥，唐瑶却只在雕花柚木的穿衣镜里看到叶莺的样子，她看不到自己。

她想，自己会在另一个维度里活着。孤独，但活得比任何人都长久。

# 轻井泽·温泉

我想跟你走，哪怕只是为了一时的感情。

# 一

餐盘被无声无息地放在了桌子上，红鲤鱼图案的长条瓷器里是新鲜鱼腩，竹篾食器中放着日本豆腐、秋葵、鹿角菜、鹅肝冻和鳗鱼。

女侍应素白的手倏忽一现，就缩回了袖筒。她从脖子到脚踝全部包裹在和服里，像是插在花瓶中的一朵粉白牡丹。她弯腰的线条非常柔美，随即以同样流畅的动作起身，如同一根被压折的柳条弹起，恢复坚韧的线条。

夕阳如同被打散的蛋黄，流淌在擦得铮亮的餐桌和地板上。乔意扭头往窗外看，简直是宋朝，蔓延的竹林和水梯田起伏如呼吸的频率，若隐若现地露出远处木质建筑的屋顶。

酒店在轻井泽的山麓谷底。从东京坐新干线到轻井泽，在车站搭乘免费巴士，驶过一片阴沉的杉树林，车停在一条蜿蜒曲折的青石板小路前。在密林中沿着低矮的橘色的灯光走了近百米，才看到两个穿着制服的女服务员远远地鞠躬，她们带领乔意走向连排的低矮建筑。

像古代书生做的一个梦，误入一处介于人间和仙界的海市蜃楼，在这空间里热烈而饱满地生活数日、数月、数年。忽然梦醒，发现自己失去了整个人生。

造梦是最昂贵的。这间酒店不仅贵，而且需要提前预订。乔意环顾四周，大多数顾客都是成双结对，在甜蜜而肃穆的氛围中谈论着无关痛痒的事，例如两天前的一场雪。他的目光落到窗边的一桌，除了他以外唯一独自一人的食客——一个年轻女人，认真地低头吃着一碗面，她捕捉到他的目光，报以回视。

乔意匆忙收回自己的目光，来不及了，那女人竟然走到他的桌前。

“您是乔意先生吗？”

那只是个女孩儿，说着不熟练的中文，二十岁上下，身量非常娇小，就像一个孩童的骨架拉伸到成年人的高度，穿着白色的及膝连衣裙和米白色风衣，黑色中筒袜，露出一截白腻的膝盖。

乔意思索良久，衡量各种答案的后果，最终点点头。

“我读过您的书！”女孩儿的栗色瞳孔中散发出神秘而不安定的光，睫毛如飞蛾一样上下扑闪。

乔意一向反感和读者接触，尤其是那些狂热的崇拜者。疯狂而执着的读者是作家不小心许错的愿望。他写的是那些不安的灵魂，于是不安的灵魂就找上了他。他们说自己如何在他的故事中找到共鸣，滔滔不绝，如泣如诉，像拽住一个愿意听自己哭诉的人。

乔意回避着她的目光，希望她赶紧离开。她却不知道是过于天真还是过于精明，竟然拉开椅子坐在他的对面。她开始大声复述小说的情节，一个过时的师生恋的故事，他的处女作、成名作和代表作，残酷的文学史只愿意截取他生命中这一截。一个清纯可笑的故事，把他的其他都扔进了垃圾堆。

乔意觉得非常尴尬，烦躁地在凳子上扭动着，想岔开话题，他问她的名字。

“井上忍。”女孩儿说。她拉过他的手，在他的手心写下自己的名字，细白柔嫩的手指像日本的陶瓷刀，像剖开鱼肚一样剖开他苍老纵横的手心。

乔意发觉自己老了，这样的行为甚至没有挑起他的欲念。他问她是中国人还是日本人。女孩儿仿佛没有听见，继续向前倾着身子热切地表白，说她曾经如何迷恋他那部小说中的男主角。

乔意知道，她像所有读者一样，认为作者就是小说中的男主角。他又大声问了一遍。女孩儿局促地解释自己小时候经历过一次事故，右耳的听力严重受损，她说父亲是日本人，母亲是中国人。她说自己从未去过中国，对中国的想象全部来自他那部小说。

她等待着乔意继续发问。可他不愿意，不愿问她险些失聪的事故，不愿对她如何失去母亲表示遗憾。每个人自以为独特的生活体验其实都何等乏味和普通。

他夹起一块鱼腩慢慢咀嚼，悄然下逐客令。

“您最近在写新的作品吗？”井上忍问。

“在写一部新的小说，大部头，没人见过的写法……已经写了十年，慢工细活儿。”乔意说，他也用这个理由搪塞自己。他知道自己已多年写不出任何东西，这对于一个作家来说是提前到来的死亡。

“您是来寻找灵感吗？”

“不，度假。”

“一个人？”

乔意沉默半晌，决定坦然相告：他原本和未婚妻，不，前未婚妻来此处度蜜月。她却离开了他。

他的前未婚妻叫作姜夕，他们在朋友的介绍下认识，第二次见面就确定了关系。两人从一开始就像搭档多年的网球对手一样默契。他青年就养成了熬夜的习惯，即使没有工作也要熬到凌晨。姜夕则保持着清晨起床的习惯，如同上班一样去工作室，画到傍晚回家，路上买做晚饭的食材。

两个人都无声无息，无欲无求，如同一个人在不同时区的分身。这种日子过得太舒服，以至于当乔意向她提出了结婚的请求时，她愉快地答应了。原本的计划是在她完成台湾的画展后去领证，可她去台湾之后，就不再回复他的短信和电话。乔意展示了一个中年男友所能拥有的最大限度的包容与体谅，发邮件让她准备好了再联系他。一个月后，他收到了她寄回的订婚戒指，一枚贵重的水滴形钻戒。

曾经的同侪开始接二连三地经历慢性病的折磨、丧偶、抱孙，他耻于和他们分享“失恋”这种奇遇，只好自己独自一人承受这小型的死亡——什么是死亡？就是世界加上你，再减去你。

这时，已经被他遗忘的酒店打来电话，确认他是否要入住。他想起高昂的预约金，说自己会如期到来。

“或许她离开您是好事，这样的结局比无爱的婚姻直到死亡要好。”井上忍听完他的讲述，轻声说。

乔意被她的话刺痛了，或许是因为她暗示姜夕并不爱他，或许是因为死对她来说并没有那么久远。他不需要一个来自半大孩子的安慰，几乎要大声地斥责她：你是谁？你凭什么这样说？然而他终于努力克制了怒火。

“或许您不够了解她。”井上忍说。

乔意再次被她的假设激怒了。他想起姜夕也曾经问过他同样的问题，在她去台湾开画展的前夜，他们最后的对话因为不断在脑海中倒带和定格变得支离破碎，颗粒毕现。他在客厅看球，她穿着睡衣突然出现在门口，问他是否了解她。他躲避她的问题，说她这是明知故问。

“了解一个人是不可能的，也没有必要。”他说。

## 二

乔意睁开眼睛，却是一片黑暗，他浑身浸泡在温水里，舒服得很痛苦。这个酒店的温泉叫作“冥想温泉”，是全然黑暗的空间，失去了对日常生活的控制能力，只能靠冥想去获得平静。

他试图让自己进入冥想的状态，却依稀回到多年前一个炎热的夜晚，跑着就迷失了方向，远处不知是枪声还是轮胎爆破声。在他意识到自己迷失方向的刹那，仿佛跌进了一个缝隙，眼看着时间从自己身上飞逝却无能为力，眼睁睁地看着一个莽撞的、青春的男孩跑开，留下一个暮年的、六神无主的自己。

“Sorry。”一个女声也进入了这个无尽的长夜，平静的水面被搅动。

他听出这个声音来自傍晚那场无论如何也谈不上愉快的谈话，那个叫作井上忍的女孩儿。

“是我。”她说。她知道这黑暗的温泉里只有他一个人。

“你是不是在跟踪我？”乔意笑着问。

温泉另一边的沉默既是默认，也像是被揭穿之后的无言以对。水温似乎都因为那边升高的体温而热了几摄氏度。乔意却不敢进一步暧昧地试探。和大部分人的想象不同，男人其实很难向女人献殷勤，因为他们害怕如同脱光的裸体一样暴露自己的欲念之后被断然拒绝。这是童年记忆里的恐惧。

“您和我想象的不一样，比我想象中温和。”女孩儿的声音来自温泉的另一侧。

“你想说，我比你想象的老。在你读的故事里，主角只会和故事一样变得模糊，慢慢透明，直到从记忆里消失。但是他们不会老，不会扭曲变形，不会发出难闻的气味。”

他是真真切切地老了。《红楼梦》里王熙凤说，老人更爱热闹。最近几年，当评委、上电视、开讲座，什么稀奇古怪的研讨会都去，从瑞士钟表的不凡品位谈到中产阶级的煎熬与撕裂，各种社会热点的点评都不错过，加上几句谄媚年轻人的流行语，换汤不换药，道生一，一生二，二生三，三生万物。

他们这一代人早已入土。那些曾经有左翼行动信仰和年少习惯的同侪，生命已经结束，寿命却没有结束，只好把自己埋入对书法和黄花梨的研究之中。只有他，如同不甘变老的选美皇后，是不甘寂寞啊，从尘土中掘出自己，爬出一条血路来。他享受的热闹里一半是同情，他却钝钝的毫无察觉。

这或许是他这么多年不再能写出作品的原因，他没有生活。

该如何避开从四面八方包裹着他像子宫一样的肥腻？一场爱情可以拯救他吗？一场如熊熊烈火一样的爱情，让冲天的火光驱散了黑暗的迷雾。他下意识地沿着温泉池的边缘向井上忍靠近。

“太黑了，像瞎子一样。”他说。

“什么？”

“我是说，什么也看不见，像盲人一样。”乔意重复了一遍。

“哦。我的右耳听不清楚。”

“非常抱歉。”乔意不安地说。他十几年混迹于大众媒体，早就磨砺出一张厚脸皮，却只有在残疾人面前会尴尬和不安，因为道德上无法自洽。

井上忍笑了，笑声像掷入水中的石子。

“没关系。其实我的右耳还有30分贝的听力。生活没有影响，只是用声音定位的能力变差了。用耳机听音乐的时候，所有的声音都堆积到了左边的耳朵。”

乔意沉默了，他更害怕面对勤奋乐观的残疾人。他们让普通人失去了对生活懦弱的理由。

井上忍感觉到了他的不适，转移了话题。

“下午那番关于婚姻的话……我之所以那样说，是因为我母亲和我父亲的婚姻……我母亲是自杀的。她是一个很漂亮的女人，得到过很多的爱。”

她再次提到她的母亲。乔意想，人们总是美化他们记忆中的死人，死人带走他们生前所犯过的所有错误。可是在此刻，淡淡的硫黄味中夹杂着属于女人的香味，日本的冷香，苦凉的味道拯救了他被热气蒸得眩晕的脑袋。此刻，他愿意相信井上忍死去的母亲是一个出奇美丽的女人。

“我也有过一段无爱的婚姻。”乔意同情地点点头。

那是他事业的巅峰。那部讲述师生恋的作品不仅畅销，而且被改编成电影，还在国际上得了大奖。那时，所有的下午都阳光灿烂，他怀揣着一笔巨款去银行存钱，一个美丽活泼的柜台职员认出了他，他则被她放在桌上的沉甸甸的乳房吸引。

他喜爱她的天真，她在食物、名气、钱面前毫不掩饰地兴奋雀跃，还喜爱她的嘈杂多话，让伴侣可以沉湎于自己的思考而不被发现。他看着她一张一合红润的厚唇，仿佛那是个颇具吸引力的洞穴，可以把他带入一个平庸而安逸的世界，一个毫不费力的世界。

“听起来是一段美满的婚姻。”井上忍说。

“可惜婚姻太漫长了。”乔意说。他听到自己的抱怨是多么陈词滥调。

他渐渐难以忍受她在家放着大量现金的习惯，还有她每次数钱时舔手指的动作；她则厌恶他每个清晨冰手冰脚地爬上床时喉头浓痰翻滚的咳嗽。这样的婚姻坚持了十年，他们都学会了用不同的方式去将就：她用歇斯底里的发泄，他用冷漠的轻蔑。婚姻变成两个人比拼忍耐力的竞赛，他在她不愿与他同床的几年里，宁愿自渎也坚持没有找别的女人求欢，因为忠诚也是他的筹码。最后，女人先崩溃，他赢了这场较量。

“有一类女人，嫁给任何人都没有区别。无论是嫁给商人，还是作家。她只需要那个人满足她关于中产阶级的想象。”乔意总结道。

“您在爱情上运气真坏。”井上忍说，一只手搭上他的肩膀，柔软的指尖触碰着他肩胛的皮肤。

乔意达到了他的目的，用他的寂寞和失败打动了她。他甚至打动了自己，揉了揉潮湿的眼睛。他眼睁睁地看着那生活中其他那些简单的、习惯的事物消失了：院子里苹果树上燕子的呢喃、等待一束光从灰蓝的云里透出来的耐性、他的野心、他的才华、他的女人、他的又一个女人。

“所有的爱情都是因为鬼魂。”乔意说。

“什么鬼魂？”

“过去的恋人都成了一个鬼魂，如雕像一样伫立在那里，眼神漠然，嘴巴张开，面对过去那些回忆的碎片，提醒着你是怎么把一切都搞砸的，你之后所做的一切，都是拼命地逃离这个鬼魂，直到你寻找到新的……”乔意的声音渐渐低下去。

“新的什么？”

“寻找到新的恋人，把他们变成新的鬼魂。”乔意提高了音量。

两人又沉默了，水温继续升高，和滚烫的汗液融为一体。乔意听到井上忍变得略微沉重的鼻息声，想起了猫濡湿冰凉的鼻头。

“您那本小说的女主角也是一个鬼魂吗？”她问。

这样一个人真实存在过吗？他这几十年如同灵魂出窍，肉身过得风生水起，灵魂却困囿于记忆，如同一个被判终身监禁的人，在空荡荡的牢房里把心爱女人的照片钉在墙上，日复一日、年复一年地盯着，以至于开始怀疑那是一个真实的女人，抑或是自己的幻想。

她温热娇美的曲线，她薄软如纸的皮肤，她明亮的眼睛，还有像闭着的眼睛一样的小肚脐。自他最后一次拥抱她已经二十七年过去了，他的缪斯，他心上的火焰。

“是的。”他艰涩地开口。

## 三

二十七年前，他是中文系最年轻的讲师，也是最受欢迎的老师。他一直怀念那个信息匮乏的年代，那个多知道几个外国人名就能获得尊重的年代。

她是外文系的学生，永远坐在靠窗的位置，总低着头。偶尔抬头接触到他的目光，就立刻又低下头。

他目光掠过她的头顶，从不曾停留。他读外国小说，最爱D.H.劳伦斯，喜欢的是对自己的情欲毫不掩饰的奔放女人。

第一次注意到她是某一天下课，他正在讲台上收拾讲义。忽然听到有人叫他，女孩儿站在讲台前，身量如此娇小，双臂交叠架在讲台上，像是柜台前踮脚买糖的小孩儿。他俯下身听她讲话，简直想拍拍她的头。

她说："你讲的东西别的老师都没讲过。"她看着他，目光久久都没有躲避。晶莹的眼神黏在他身上，无论他吃饭、睡觉、洗澡，都伴随着他，直到他再次在课堂上看到她，他才被解放。

那以后，她再不低着头，总是牢牢看着他。他对视回去，她目光里刹那间就会有种热烈，仿佛调皮的挑战。

夏天的傍晚，他骑着车，在路上碰到刚从澡堂出来的她。她穿一件月白色的吊带裙，头发半湿，抱着塑料盆。她笑着喊住他："乔——老——师——"拖长音调，依旧像馋糖的小孩。晚风一吹，她的衣服贴住身体颤抖起来。

乔意低下头，看到她雪白圆润的脚指头在开裂的红色塑料鞋里，十分可怜的样子。他的心胀得满满的，赶紧骑上自行车逃跑开去。

转眼是冬天，学期末的最后一节课，他对同学们念莱蒙托夫的《绝句》：

凡是爱我的一切必定要毁灭，
或像我痛苦到最后一日。
我的意志同我的希望对立着，
我爱别人，却怕也有人来爱我。

……

我不是感情而是行动的主人，

即使不幸——也让我一个人去不幸。

一整个教室的人，他眼里却只有她一个听众。为了这一个小小的听众，他把心都掏出来了。他的声音在房间里激起回响，字句在他的胸腔里激荡。他感觉到自己鼻腔的酸楚，他索性任凭泪水肆意，纸上的字迹变得模糊。

那次期末，一向以严厉著称的他，给包括她在内的所有学生都打了史无前例的高分。

除夕夜，他邀请本系寒假不回家的男生来他的宿舍吃涮羊肉。开始男生们还很局促，谁也不肯陪他喝酒，羊肉熟了，虚让一番，先孝敬给他。他看大家实在死板，就添油加醋地讲了自己大学时候的情事娱乐大家，这才打开局面。又在男生们的怂恿之下，讲了一个圈子里颇有名气的中年女诗人如何挑逗他，把他们听得羡慕躁动，纷纷敬他酒。

他微醺，从书架上找出一本人体摄影的图册。男生们虔诚地传阅着这本书，黑白阴影里的大腿和乳房。二十瓶啤酒很快就喝完了，他让课代表——一个聪明骄傲的男孩儿去买酒。男孩儿一开门，忽然看到她站在门口。

她穿一件白色羽绒服，长发烫成蔓延的大卷，云鬓嵯峨，倒不显得成熟，只越发觉得她瘦小。她慌张地介绍手上两个大铁饭盒里是自己包的饺子。

乔意问："你怎么知道今天我们聚会？"他声音很大，紧紧地捏着酒杯。

来了一个女孩儿，气氛立刻发生微妙的变化。那本满是裸女的书被匆忙地扔在了桌底。不知谁带头开始跳舞，高高瘦瘦的男孩儿们，像螳螂一样挥舞双臂，吸引雌性的注意。羊肉的膻气和蒸腾的荷尔蒙混合，房间里一股腥气。

他眯起眼睛，想象自己是站在动物园栅栏外的游客，往里丢了块肉，看小兽们争破头。可这或许是他的幻觉，他爱她，所以觉得所有人都爱她，他觉得自己才是可笑的那个，喝了口酒，烧灼得很，眼泪都辣出来了。

"你也去跳啊。"隔着桌子，他对她笑道。

她很镇定地看着他，眼神里第一次出现轻蔑，嘲笑他刻意与她划清界限的徒劳。他逃不了，他们都逃不了。

这时，一直坐在她身边的课代表起身拿起靠在书架上的吉他，铮铮弹唱："我曾经问个不休，你何时跟我走——"

少年的声音平平得没有什么起伏，听着很远，像是来自草原另一边的呼声，忽然变得很近，仿佛微风中棕榈叶的抚摩。男孩儿当然是唱给她的，房间里的所有人都欢呼起来。

乔意感觉到自己的双腿用力支撑起身子，走到少年身边，一只手搭着他的肩膀，另一只手握成拳头，重重地朝着他鼻梁正面挥去。

"这一拳也打穿了我和她之间隔着的纸。"乔意说。

“然后呢？”井上忍问道。

“我不想讲了。”乔意说。他感到有些恼怒，这些回忆对他来说又有什么用呢？

“你必须讲完。”井上忍的声音忽然变得很严肃。

直到这时，乔意才感受到她身上的那股日本血液，令人生畏地执着。

两人沉默，僵持良久。他感觉到井上忍在靠近，水在流向他。他感到她站在他的对面，气息靠得很近。他只要往前一探，就能仓促而熟练地给她一吻。

“我们的嘴唇很像。”乔意呓语道。

“我们？”半晌，井上忍羞涩地问道。

“不是，我和她。”乔意说。当然是她，那个记忆里的旧鬼魂。

他和她的嘴唇相似得可笑，唇似弯弓，饱满厚实。可她的嘴唇永远冰凉，吻她像是亲吻镜子。为了避人耳目，她总是深夜偷偷跑到他的宿舍，两人迟疑地亲热一会儿，好像都怀疑对方不是真的。他甚至连隔着衣服抚摩她都小心翼翼。对女人，他一辈子再没有过那样的耐性。

“等我毕业了，就好了。”她总是这样说。

于是，“毕业”就成了两个人心心念念的目标，一遍遍地重复，反而越发觉得渺茫。他有时悲伤得要发疯，觉得那天永远不会来。

“结果竟然真的和我们的预感一样。”乔意说。

“那件事发生了。”井上忍说。

那不是一件事，而是整个无比刺激也无比疲惫的夏天。他作为学校里的思想先锋自然不能错过，他记得自己站在高处，拿着大喇叭朗诵胡风的诗句。他记得她总来广场看他，周围是人声和音响的巨大声浪，仿佛要把天地震碎。趁诸神恍惚，他们偷窃温存，私订终身。他还记得黄昏的公园里传来鲍勃·迪伦吟唱的《地下乡愁蓝调》。

“You don't need a weatherman to know which way the wind blows（你不需要一个天气预报员来告诉你风往那边吹）.”在如同被猛烈晃动过的鸡尾酒一样混沌的记忆里，只有这句歌词刻骨铭心。

所有人都知道风往哪边吹，吹向失败。

他没来得及向她道别，就开始了逃亡之路。骑自行车到火车站——太疲惫了，几乎一边骑一边睡。他买了一张到南方家乡的火车票。火车刚刚开动，他就意识到自己不能回家，于是在中间的某站就下了车。坐了一天一夜的船，上岸之后，随机买了一张公共汽车票，到了一座他从来没有听说过的小城市。

他在那个陌生的小城市待了几个月。风声平息后继续南下，去了南部沿海城市的广播电台，当了电台主持。

## 四

有大声谈笑的声音靠近，似乎是几个喝醉的日本人正打算进入这黑暗的温泉。嘈杂声把乔意从沉溺的回忆中叫醒，他每一个毛孔都在警觉。那群人在门外议论了一会儿，打消了主意，木屐的嗒嗒声终于远去了。

“真没想到就这样结束了。”井上忍说。

乔意再次被她轻松的语调刺痛了。听故事的人永远是最无情的。听故事的人不会知道，那个夏天是如何沉重地压在他的生活、写作、性格上，让他至今都时常恍惚恐惧，无法坦然与人交流。不，这些她都无法完全理解。

那么他为什么还要讲给这个陌生人听？难道纯粹为了用自己离奇的经历去讨好她？不，他是为了自己。为了自己终于能够用第一人称叙述那个故事，而不是躲在幕后。他必须将不想回忆的那些事重述，为忘记的人赋予语言，把走过的那条路再走一遍，才能从沉重的记忆中逃离出来。

“不，还没有结束。”乔意说。

大半年之后的初春，他与她重逢了。在一条狭窄得不得不快速通过的街道上，他们相向而行。几乎同时，他们毫不掩饰地盯着彼此短时间内发生剧烈变化的脸。

“你还好吗？”他听到她问自己。

在满街嘈嘈切切的粤语里，她略带北方口音的问候非常清新。

“我很好。”他说，“我在电台工作。”怕她不相信似的，又匆忙补充了一句。

“我听说了。”她说。

她是千山万水地来找他的。越来越拥挤的人流容不得他们继续犹豫，两人如果沿着原来的方向前进，就可以抛开一切过去。但是他们都没有选择前进，也没有转身，而是一起挤出了人群。

他请她在茶餐厅吃饭。时间尚早，没有其他食客，只有几个无事的服务员好奇地看着他们。南方的初春已经很热了，她脱掉外套，露出粉白色的丝织背心和长裙，然后用手腕上系着的丝带把头发绑住。

他看着她，喉咙仿佛被堵住。这半年过得像十年，他曾幻想过无数种和她重逢时的诉衷肠，她却在他已经不抱任何希望时出现。

她先开口，讲学校发生的变化，校园好像一夜之间有了许多看不见的窟窿，青春与生命就从这些窟窿里流出，那极聪明骄傲的课代表也不知所终了。一瞬间，他们两人都有点儿惭愧：他们还活着、交谈、发出笑声。

“你瘦了很多。”他悄然转移话题，她从一轮满月瘦成了伶仃的月牙。她有些不好意思地摸了摸自己的手臂，两人再无话。

晚饭吃完了却依然日光煌煌，无处可去。他们牵手走在街上，沉浸在苦涩的甜蜜中，同时也有些不适应：从前，他们的时间都是一点点偷来的，这是第一次有这么完整的空闲，光明正大的空闲。

她提议去看场电影。电影叫《秦俑》，讲的是一个深情压抑的将军和一个宫女穿越时空的爱情故事，后半段不能免俗的是打杀的动作戏。他在座椅上不安地扭动：宝贵的时间竟然浪费在这样无聊的电影里。

终于响起了片尾曲，浑厚的女声唱道：“焚心以火，让爱烧我以火。燃烧我心，承担一切结果……”放映厅逐渐明亮起来，他发现她竟然泪流满面。所有观众都散去了，她依然在啜泣。他颓然地半跪在她面前，无从劝起，知道她是太委屈了，以至于眼泪只能流在别人的故事里。

回他公寓的路上，她一路疲乏不堪地倚着他，头靠在他的肩膀上。他一路紧紧地搂着她。

他住在老城区的一个单间，房间里只有些匆忙布置起来的家具。他把她放在床上，她像个孩子一样立刻睡去了。他像面对刚出生的孩子一样新奇地摆弄着她的躯体，他把手指插进她的头发里，把脸贴在她冰凉的脸上，又把头揉进她柔软的胸脯。

她被折腾醒了，用胳膊揽住他的脖子。“我毕业了。”她说。这已经是她能说出的最露骨的鼓励。

他觉得一切等待都值得。“我们明天一早就去结婚。”他把头埋在她的头发里呢喃道。他并不是在哄她，他从未这样向往一个家庭，一对经历战争劫后余生的男女，急着在虚空中抓住一些靠得住的东西。

她听到这话之后，竟又开始落泪。泪水变得越来越多，吻不过来。他从怜爱变成了烦躁：“你怎么又这样？你不知道我有多爱你！”

她索性大声号啕起来。他翻身把床头的灯打开，靠在床头点上一支烟捏在手里，眼看着烟灰掉在被子上。

“你还是不信任我。”他冷冷地说。

她这才抽噎着断断续续地讲他走之后，她在政府部门工作的父母辗转知道他们这段感情，震怒之后要求她立即去美国，并且再也不能回来，断绝和家庭的联系。此时，恰好美国颁布《中国大陆学生保护法案》，允许1990年4月11日之前来美的所有大陆人士自动变为美国永久居民。父母更急促地催促她即刻起程。她虽然爱他，可在那种无援无助的状态下也无法下决心以卵击石，只能服从父母的安排。

他怔怔地好半天才反应过来："那不就是下周？"

她低着头说："手续都办好了。"

他只觉得冰水浇头，心脏几乎停跳。许久他才冷笑道："你怎么对得起……"太过沉重的愤怒，他话都说不完整。

他看着她苍白的脸色，又同情起来："你不要走好不好？留在这里，剩下的我来安排。"

她默默地把双手环到背后去解胸罩扣，从袖口抽出胸罩，倒在床上。他看着款式简洁的、瘪瘪的白色胸罩，知道她做了决定：她此次出国就是诀别，人生重新开始，而他们只有这一夜的缘分。她为什么要千山万水地来给他虚假的希望？

他大力把她推翻过身，背朝着他，猛然压在她身上，在她耳边恶狠狠地狂呼道："我搞死你！"

话一出口，连他自己也愣住了，无力地瘫倒在她身上，做什么的兴趣都没了。

那天晚上，他做了一个梦。梦到自己在黄昏时出海，在震耳的汽笛声中，他忽然后悔，可是已经来不及了，他绝望地看着自己和大地一点点分离。

醒来时，她已经不在了。

"那就是我们最后一次见面了。"乔意说。

"您后悔吗？"井上忍问。

“我不知道。但是那天之后，我就变得非常空虚，像是所有的目标都消失了。”乔意说。看着雾气从嘴唇吐出，消失在黑暗中。

两人都沉默了，井上忍欲言又止地说出两个音节，或许是想告诉他她自己的故事，然而最终还是没有说出口。

“这些年，她在我心目中的形象有时万分可恶，有时又重新变得纯洁无瑕，无可比拟。我对她，其实爱早就消失了，变成怀念、痛苦、嫉妒、同情、欲望，不断循环。可是没有一秒钟，我对她的感情归于平淡。没有一秒钟。”乔意说。

## 五

“今天晚上的月亮很大，月亮正在融化，化为熔岩。当我靠近，它令我从头顶冰冷到脚跟。它要杀了我，杀了我，了解我，了解我……”

每写十五个字，就要把笔尖在墨水瓶里蘸一下。无名指上戴着一枚简单的指环。那是一个瘦弱的女人，皮肤薄软如纸，平日里总是穿着一件白色的针织衫。她把自己关在房间里，在一张纸上不停地写。

这是井上忍对母亲最后的印象。

这三楼的小房间原来是客房，不知从哪一天起变成了母亲的房间。父亲每次下班回家之后，会走进去，把门虚掩上。有时风会把门吹开，井上忍看到父亲坐在母亲身旁，握着她交叠放在膝盖上的手。

父母之间的关系，是井上忍见过的最接近“爱”的关系。之所以是接近，是因为她从来没有见过父母失去自控的一面，仿佛“爱”是暴风眼，他们围绕着这个中心旋转，以高超的平衡能力维系了家庭、三层的楼房、后半生无忧的积蓄、共同经营的家具店。

仅仅有一次意外。

那是井上忍十二岁那年，母亲带她去维也纳参加小提琴的演出，井上忍被意外滑落的车库门砸中，右耳丧失了大部分的听力。“你为什么让她离开你的视线？当了母亲的人竟然还这么心不在焉，真是太不负责任了。”父亲这样责备母亲。然而，这个事故也仅仅是让他们婚姻的船航行得更平稳的插曲。

真正的考验是两年后，母亲家族遗传的精神病开始一天天地显现出来。母亲时好时坏的精神状态让父亲一直抱有幻想，觉得她有一天能够不借助药物和酒精熟睡，第二天神清气爽地醒来，从此一切都恢复正常。直到某一日，父母在京都鸭川旁散步，母亲以为有人要害她，狂奔起来。父亲在后面追赶，羞涩的父亲不敢呼喊母亲的名字。他们跑了很久，直到被刚放学的井上忍和她的同学撞上，才停了下来。

那天回家之后，父亲终于决定把母亲送进箱根的一家疗养院。

母亲每个周六回家，她每次都会给女儿带鱼糕和山葵酱。她会听女儿拉奏三四首小提琴曲，然后和丈夫外出散步吃晚饭。周日的上午，她做奶油水果小馅饼，下午把自己关进自己的房间里。周一的早晨，在丈夫的护送下到车站，回到疗养院。

半年之后，疗养院打电话告诉父亲，说母亲用丝袜自缢了。

母亲死后，井上忍在很长的时间里都不觉得伤心。她觉得很愤怒：母亲就这样离开了，没有解释，没有道别。在她的记忆里，那是一个温柔的女人，不吝给最贫穷的陌生人以笑容和问候，竟这样冷漠地离去。井上忍也恨她的父亲：在预感到妻子生命将要结束的日子里，他霸占了妻子的全部时间，夫妻二人长久地沉浸在静默哀伤的氛围中，几乎没有留意到女儿的存在。

井上忍也怨恨自己，怨恨那场意外让自己失去了一半的听力；怨恨自己拒绝学中文；怨恨自己在发现母亲傻笑的时候，恐惧地跑出房间。“是我不乖吗？是我让你失望了吗？”她没有机会望着母亲的眼睛问她。

一年过去，怨恨被要吞噬她一样强烈的思念所取代。井上忍时常坐在母亲生前的房间里，花好几个小时的时间去一幅幅构建母亲生前的场景。

母亲常常面对的黑色胡桃木书桌，抽屉里放着米白色的牛皮首饰盒，里面放着两条简洁的宝石项链、一枚海水珍珠的订婚戒指。父母是在美国留学时认识的，母亲是政治系的学生，父亲是助教。两人从朋友发展成了情侣。半年之后，父亲要回日本继承家里的家具店，母亲跟随他来到京都，二十多年就这样过去了。

书桌右侧立着一张父母结婚时的照片，两人都穿着和服，清秀而腼腆，父亲还不像现在那么枯瘦。那一年，母亲就和井上忍现在一样大。

井上忍时常推开书桌前的窗子，看着尚未绽放的樱花和滋润树木的河流，想象着母亲当年的心情，面对这个陌生而寂静的国度，她是否沉醉地露出笑容？又是否因这个国度永远不会属于她而流下眼泪？

母亲到底是怎样的女人？她身上总笼罩着戏剧里出身名门女子的神秘和忧郁，从没有中国的亲戚和朋友来探访她，她的童年和青春就像是从来没有存在过。

了解母亲，唯一的线索是照片后的一排书。母亲酷爱黄金时代的俄罗斯文学，例如莱蒙托夫的《当代英雄》和《杜马》。其中有一本暗绿色封面的中文小说被翻得最旧。母亲在仅剩的平静清醒的周日下午，总是在昏暗的房间中重读这本书。从背影看，她瘦弱的脖颈仿佛将要折断似的。

母亲死后，井上忍从高中辍学，代替母亲在父亲的家具店工作，空闲的时候她学习中文。她开始一点点地读母亲书架上那本小说。

书的扉页上写着“此书献给……”井上忍认得，那是母亲的中文名字。

井上忍对这本小说简直着了迷，她一遍遍地读，把书中的女主角想象成母亲的样子，流泪的母亲，在阴暗的长廊中接吻的母亲，午夜不顾一切奔跑的母亲。“我想跟你走，哪怕只是为了一时的感情。”她一个字一个字念着书中女主角的话，仿佛母亲此刻躲在自己狭窄的喉咙里发声。

午后的房间弥漫着静谧的气息，阳光把墙纸上的月桂树照得熠熠发光。她换上母亲爱穿的便服，白色的针织衫像大理石一样把她凝结在其中，凝结在过去。时间在一分一秒地过去，母亲生前的样子变得模糊，可作为书中的女主角的形象却变得愈来愈清晰，那个美貌勇敢的少女洋溢着让人折服迷恋的活力。

父亲的家具店受到更便宜的大型连锁店的冲击而倒闭，井上忍就凭借着中文能力开始做地陪。最初的生意是靠教中文的老师介绍的，后来因为她的细心和谦虚，生意慢慢多了起来。她保持一个月只工作三周的工作习惯，收入依然足够保持舒适的生活。

她带一对蜜月的夫妻来轻井泽的酒店，在晚餐将要结束的时候，她看到了乔意。

不会错的，书上那张小小的黑白照片，棱角分明的脸和略带讥讽的神情。虽然头发已经白了一半，可多么庆幸，他还是书里的那个人。

黑暗的温泉里，他的呼吸依然是书里的那个人。

“我终于找到您了。”井上忍说。

“嗬，是吗？”乔意带着一丝骄矜和得意。

她把手掌放在他的胸口，感受他扑通扑通的心跳。他不明白，井上忍想。

他不明白，这么多年，她一直在寻找他。这个曾经只存在于想象中的男人，这个深情的恋人，这个残忍的骗子。这个狡诈而贪婪地汲取母亲可怜的心里仅剩的一点点爱的罪人，这个让母亲的孤独的灵魂永远无法被治愈的杀手。

温泉外，那几个之前离开的日本人又回来了。木屐愉悦地敲打地板。大门被推开了一条缝，门外彻骨的冷风溜了进来。薄得像蝉翼一样的光线，透入这个全然黑暗的屋子。

只有这么一束光线，就足够乔意看清楚眼前的女孩儿，她格外白皙的皮肤被温热的水烫得有些发红，头发湿湿地贴在脸上。他握住她放在他胸前的手，探过身去吻她。

两人嘴唇接触的瞬间，井上忍大声地嚷了起来。她喊的是日语，乔意听不懂，那几个日本人急匆匆地冲了过来。

在七嘴八舌的日语斥责声之中，井上忍抬手给了乔意一个耳光。很重的力气，手掌简直要陷进他的肉里。乔意心里充满了仇恨，他恨她，他恨她给自己暧昧的信号，却又在他上钩之后如此坚决地拒绝。他几乎是赤身裸体、毫无保留地暴露在一圈愤怒的日本人中，作为一个可笑、卑鄙、无耻的中国人。

然后她看到了井上忍眼中的泪水，她眼眶中的泪像一面光亮的镜子。乔意看到了自己倒映其中的身体，肥大、令人作呕。

她不会明白，乔意想。

她不会明白这样一个衰老、令人作呕的身体，依然充满了爱与渴望。

# 美国·香气

他会找到她。

一个人的鼻子里有三百万到五百万个管嗅觉的神经元，相当于一个中等城市的人口。每当刘巍用力地呼吸，他就感到一个城市在他的鼻子里醒了过来。

首先醒来的是婴儿，他们皱着新鲜黄油一样的脸，张开嘴，一股奶酪的味道从嘴里溢出；然后是被吵醒的年轻母亲的味道，奶水凝固板结在她们的棉布睡衣上，透出一股酸腐，混合着好几天没有洗的头发的油脂味；隔壁屋的老人被吵醒了，他们在床上翻了个身，散发出衰败的味道，像发皱的树皮。整个屋子都醒了，然后街道醒了，放了一夜的菜叶和吃剩的西瓜开始腐坏，还有变质的肉，它们争先恐后地在太阳升起前交织彼此的味道，如同一块色彩斑斓的地毯。地面醒了，然后地下也醒了，第一班地铁开动了，钢铁怪物在隧道中扬起灰尘，人们带着清新的牙膏味和刚出炉的食物的味道，挤上了地铁。

整个城市在刘巍的鼻子里开始了一天的生活。

刘巍通过不同的味道去想象人的样子。比如小张，小张有股金属的味道，干净清冽，夏天的时候爱出汗——刘巍据此想象小张长得胖，那时她就是一大块生了锈的金属。他想小张应该戴着一副圆形的金属边眼镜。小张爱笑，一笑就露出一排牙箍。

听了他对自己的描述，小张惊讶道："刘师傅！你太神了！比狗还厉害！"

刘巍笑了，他感到一阵凉风敲打牙齿，他不知道自己笑起来的样子。

小张意识到自己说错了话，立刻转移话题，却问出更不恰当的话："刘师傅，你是一出生就看不见吗？"

刘巍说："不是，是从我十三四岁时开始的。"

小张说："那是种什么感觉？"

刘巍说："我发现每天的清晨变得像黄昏，所有的事物都像在夕阳底下一样模糊，带着阴影。黄昏变得越来越迟，越来越黑，最后，我就看不见了。"

小张笑道："就像加了一层滤镜呗。"

刘巍不知道什么是滤镜，但是他听小张的语气竟然有些神往。

作为一个按摩院的前台，小张未免太天真和浪漫了。

冬天结束了，风寒冷的苦味和冻大白菜的清甜混杂的味道消失，取而代之的是春风慵懒而黏稠的味道，连小区里的狗都不跑了，懒懒地趴在按摩院的门口。刘巍闻得到它舌头上的粗糙和潮湿，像青苔。

墙壁的颜色随着刘巍心情和嗅觉的不同而变化，现在，他想象四周是一片白色，粗拉的白色墙壁，硬板板的白色床单和胶合板上的白漆，挂在墙上的钟是白色的，钟声是白色的，沉默也是白色的。房间里唯一的颜色是小张的指甲，一股油性溶剂、樟脑、甲醛的味道飘来，大红色的味道。她在涂指甲油。

小张感觉到刘巍没有视力的注视，有点儿不好意思地打破了沉默：“今天没有人啊？”

刘巍热得把白大褂脱了，随口问：“孔太太今天也没来？”他记得她每周这个时候都会来按摩。

小张压低声音兴奋地说：“孔太太的老公抛弃了她，和别人跑了！”

刘巍记得那个女人，她的身上散发出一股中年女人身上特有的味道，像干净的软木塞。那个中年女人的身体也像缺乏弹力的软木，她在刘巍的手下舒服而悲苦地轻声呻吟，他想象那是一个高鼻大眼、身材高大的女人，却总是怯懦而悲苦地笑着。

去年的这个时候，孔太太来时身上的味道却不一样了。刘巍开始的时候没有认出她，直到她脱了外衣，那股熟悉得令人同情的味道从辛辣的香料味中窜出，他这才辨别出来。

“孔太太今天擦了香水啊？”刘巍说。

“好闻吗？”她的脸朝着床板，有些期待地问道，声音闷闷的。

“嗯。”刘巍模糊地赞同道。

香水是古老的东方香料，已经到了中调，胡椒的辛辣味从佛手柑的清香中窜出，如同炽热燃烧的正午。

“我老公很喜欢。”孔太太没有得到刘巍的赞扬，有些尴尬地说道。

两人在香味中沉默地继续他们的工作，香味随着时间与动作慢慢变化。等一个小时的按摩结束，孔太太和刘巍汗液的味道混合在一起，她的香水味也变成了悠长温暖的树脂味，如同性爱过程的结束。

孔太太显然也想到了这一层，匆匆付了钱就离开了。

之后她每一次来，身上的味道都不一样。时而是洁净的森林泉水，雨后花园的味道；时而是浓浓的松脂味，像是打开小提琴盒的一瞬间；时而是柑橘和绿茶的味道，让人想到商场里经常播放的背景音乐，优美但是毫无意义。

直到她有一次来，身上一股凛冽的安息香，古老的波斯国香料混合着印度檀香和印度尼西亚梅药。黑夜中神秘的异国女子，一点点掀开面纱。

“好闻吗？”孔太太每次来，都这样执着地问道。

刘巍想了半天，说：“不适合你。”她身上那股稀牛奶的味道破坏了香水刻意营造的神秘感。

他示意孔太太翻身，面朝着自己。孔太太半天不说话，直到按摩结束坐起身时才开口，听起来像是已经哭过一场：

“你知道我为什么每次都喷不同的香水吗？”

“不知道。”

“你见过我老公……哦，你没见过。对不起，我脑子糊涂了。我们在一起二十多年。年轻的时候，很疯的，经常一晚不睡，吵醒了邻居也不管。生了小孩之后，还有几晚一夜五次啊，在我们那个年代，一夜五次啊。唉，刘师傅，你肯定要笑我了。”

刘巍不说话，静静地看着她——不，他看不见，只是做出看的动作来。那没有任何情绪起伏的平静的眼睛给了孔太太很大的勇气，她继续说：“直到去年，他不碰我了。他回来的时候，身上总是有很浓的女人的味道。是香水味，我不知道是一个女人，还是不同的女人。不管是她，还是她们，她们在身上喷香水的时候，心里肯定想的不是我老公，而是我。”

刘巍的脑海中出现一幅画面，一个高大的女人微皱着眉，去嗅一件衣服或是一件贴身的内衣，然后露出怯懦而悲苦的微笑。

“然后我也开始喷香水。”

孔太太说完有些不好意思地嗅嗅自己，她抬起手臂，一股香水也掩盖不住的异味冒了出来。刘巍想到自己几天前在闷热的公交车厢，坐在残障人士的座位上，正好置于一个潮湿的腋窝下。

孔太太继续说：“你以为我是跟她们宣战吗？不是，我是希望我老公能在我身上回忆起她们。我研究香水，现在能分辨出上百种香水的味道。我买的香水多得放不下，大部分只用过一次，没处放，最后都放在厕所里做熏香。你去闻我们家厕所，香的。刘师傅，你又笑我了。”

刘巍摇摇头，他或许真的笑了，只是自己不知道。

“最近一个月，我总是在我老公身上闻到一股香味，我就想，那是一个什么样的女人？他在她身上是不是像公狗一样发情？”

人本来就是动物，嗅觉是情感中枢中最古老的部分，它唤醒人脑海中埋藏得最深的记忆。动物繁衍进化，生生不息，靠的就是在捕食、交配时用嗅觉唤起的回忆去判断。

“我找遍了各大商场，都没有找到这款香水。我想一定是绝版了。上周我去日本，在一个专门卖绝版香水的店里找到了，叫作‘红心王国’，炒到了一万块一瓶。我咬牙还是买了……刘师傅，你说不适合我是不是？刘师傅，你不懂。我只是希望我老公在我身上闻到这个味道，会想到她，然后像和她上床一样和我上床。刘师傅，你不懂。”

孔太太那天又哭了许久，直到太阳下山才走，然后就再也没有来过。

她的嗅觉实验最终还是失败了。她再也不会来了，刘巍有些怅惘。房间里似乎还残留着她那个下午流的眼泪的味道，像是在海水中浸泡的稻草。

“太热了！”沉寂了大半天的门终于被推开了。

小张立刻放下手中的指甲油，迎了上去。刘巍也把白大褂重新穿了起来。

“林老师，你先喝杯水。”小张殷勤地递了杯温水。来的人叫作林满，是个画家，身上总是带着油彩的味道。但是对小张来说，他是画家还是商人没有区别，重点在于他的老婆今年年初离开了他。林满成为小区里为数不多的单身男子之一，独占一座将近两百平方米的大房子。

林满把水一口气喝完，疲惫地对刘巍说：“不好意思啊，刘师傅，今天没有预约就来了，可我的脖子和背实在是太不舒服了，就像是被人拧断了一样。昨天一晚上没睡成，今天一醒就想：不行了不行了，我要找刘师傅。”

刘巍让林满躺下，翻了个身，背对着自己，把他的袜子脱下来，说：“没关系，今天没客人。”

林满依然自顾自地道歉：“本来想着过两天再说，但是我明天要去台湾了。”

刘巍把拇指深深地按压进他的脚跟和脚心，林满发出一声满足的叹息，又说道：“我的一个老朋友在台湾开画展，我要去找她。”他的声音很温柔，又问道，“刘师傅，你去过台湾吗？”

“没有。”

“台湾很漂亮的，有世界上最漂亮的天际线。”

刘巍想象不出来，他最接近的嗅觉记忆仅仅到达机场。化妆品的味道、烤咖啡豆的味道、皮具和真丝衣服的味道，都是些昂贵的味道。

刘巍在脑海中仔细地一点点描摹出机场的玻璃窗。忽然，他闻到了林满身上一股陌生的味道，该如何形容？首先是汗水，汗水破坏皮肤表面的油脂，一股油腻的酸腐；然后是恐惧的气味，像是咀嚼金属后嘴里的血腥，酸涩；还有皮肤下血肉糜烂的味道。

这股味道是如此特殊又熟悉。刘巍与此相关的回忆紧紧地锁闭在大脑皮层下最隐蔽的地方，需要费力翻找才会出现。

想起来了。

是死亡的味道。

他第一次闻到这种味道时还有着微弱的视力，世界永远像夏日晚上七八点一样昏黄。他和独居的奶奶住——父母遗弃了他。只有老人和小孩的房间寂寞得像战乱之后的小城。奶奶上午去种屋后两亩小油菜，下午就坐在没有光亮为了省电也不舍得开灯的房间，唱一首没有什么旋律的哀歌：

“都说我命里克夫啊。都是我作的孽啊。你大年三十的早上还吃了一碗蛋炒饭啊。晚上就不行了。都是我作的孽啊……”唱的是几年前的大年三十死去的爷爷。

后来奶奶得了病，躺在床上，高烧一直不退。有一天神志较往日好得多，在门口晒寿衣，全套的行头，内衣、中衣、铺金盖银的繁缛，如同京剧里的绣花戏服。刘巍的视力已经很差，可那花团锦簇的寿衣在他的眼里依然耀目，像一团微暗的火。这是奶奶一生最齐整光鲜的衣服，她或许想到自己黯淡的一生，或许想到自己看不见自己穿上这一袭华服，或许想到这些不过是枉然的奢侈，总之，她流下了眼泪。

就在这时，刘巍闻到了这股死亡的味道。在奶奶抖落寿衣上灰尘的瞬间。

“阿嚏！”林满一阵掏肝扒肺的喷嚏。

刘巍让小张把窗户关上，喊了几声，没有人答应。林满说：“小张出去了。”

刘巍说：“她老是这样，出去也不说一声，让我一个瞎子自己在这儿待着。”他以极大的耐心从林满脚踝处一点点向上用力推，一直推到大腿。

“感觉体温有点儿高啊，是发烧了吗？”刘巍问。

林满疲惫地说：“不知道，最近几个月都没有力气。前段时间背上一大片红不红黑不黑的血斑，现在没了。”

“还是要去医院看啊。”刘巍说。

“是啊。”林满附和。

令人尴尬的沉默。两人都知道林满不会去医院。林满想要解释：

“等我从台湾回来。”

又是一阵沉默。刘巍知道去医院看也没用，这股若有若无的死亡的味道只会越来越重，直到生命结束，或许半个月，最多半年。而林满则不断逃避着对死亡的想象。他要去台湾，去见他的老朋友。

刘巍让林满翻过身，正面朝着自己，自己走到床头一侧，按压林满的耳后和头皮。

“我总觉得你在看着我。”林满说。刘巍不好意思地眨了眨眼睛，他知道它们看起来有多么奇怪，瞳孔在眼眶里不受控制地转来转去。

“唉，没法想象。”林满继续总结道，“我是说没法想象你的生活，靠色彩和图像生活的人，想象不出看不见会怎么样。”

“习惯了就好了。”刘巍说。

“可那不就丧失很多乐趣了吗？刘师傅你今年多大了？”

刘巍说：“三十二。”

林满笑道：“你还没有过女人吧？”

刘巍有些恼火，正常人好奇残缺的人如何做爱，就像好奇两只蚯蚓如何交配。

“我有爱的人。”他几乎是逞强一样地说道，随即又笑道，“她不知道。”

是一年以前总来找他推拿的女孩儿。

“有人吗？”她第一次进门时，怯生生地问。声音像清泉，从他干涸的记忆里流淌出来。

他的手指搭上女孩儿的胳膊，感觉到她又细又结实的肌肉，随着呼吸泛起微妙的起伏。他托起女孩儿的头，把她的长发拨得垂落在床的一侧，敏锐的手指感觉到女孩儿细长的脖颈和圆润的肩膀，如同细弱的花梗托着开得又大又白的蓓蕾。

女孩儿的味道也像花，不是插在花瓶里的，而是开在夜晚河边的。刘巍小时候总经过的一条河，宁静而深邃的水缓慢地流，水面映出对岸树的波纹。岸边的石头后面开着一朵花，那么大，那么突兀，也没有人去采它，像是在另一个空间被种下的。

第二天，女孩儿又来了，过了预约时间，急急忙忙地跑了进来。她的汗沿着领口落入了乳沟之间，气味沿着上衣的领口上升。刘巍大力地吸了一口气，仿佛顺着气息将她吸了进去。他害怕自己的动作被她看见，慌忙说："你先洗洗手吧。"

女孩儿躺在床上的时候，他又后悔了自己的这个决定，肥皂的碱性味道破坏了女孩儿身上均衡丰富的油脂味。他一整天都非常失落。

第三天，女孩儿又来了。她进门就直喊热，把上衣脱掉，只穿着一件贴身的背心，有两根细细的肩带——放心刘巍是个盲人。女孩儿没有穿内衣，他的手不小心掠过她的乳尖，一阵战栗。

他想到自己刚上初中时的一个老师，美丽的刘老师，高挑的身材和鹅蛋形的脸，花瓣一样的嘴唇。老师同情他视力不好，考试和上课时总是走到他身边，看他把黑板上的板书都抄下来没有，俯身去看他的字，头发搔得他耳朵很痒。阳光泼洒进来，把老师的衬衣照得半透明，露出粉红色的肌肤，像绽开的樱花。他心里下了一场暴雨，把樱花打得七零八落。

女孩儿说："刘师傅，你按完了吗？"

没有按完，但刘巍不敢继续，刘巍手心出了一层汗，他闻到自己身上散发出一股熟悉的味道，那是数度勃起又数度熄灭的味道，体液黏在布料上，被风吹干了。

第四天，女孩儿又来了。

…………

刘巍对她的味道上瘾。直到一周结束，新的一周开始。女孩儿不来了。

那段时间，刘巍绝望得每天手脚冰凉，甚至在长达半年的时间里丧失了嗅觉，丧失了激情，感觉不到温存、憎恶和悲伤。

"你说的这个女孩儿是什么时候来你这儿按摩的？"林满问。

"去年六月的第二周。"

"我知道她是谁，去年的这个时候我在画一幅画，她是我的模特。她每天摆好几个小时的姿势，全身酸痛得不得了，我就让她来楼下推拿……啊！你等着！"林满匆匆忙忙地冲出了屋子。

刘巍坐在房间里。他感到心跳得厉害，此时的墙壁是红色，是沸腾的血液和充血的眼底。

过了不到五分钟，林满就回来了，他说："我把那幅画带来了。"

小心翼翼地把裹在画外面的牛皮纸拆掉，画完全展露出来了。一瞬间，空气都好像停止了，画似乎尚未习惯接触空气，就像少女的肌肤尚未习惯接触空气。

林满握着刘巍的手，一点点去抚摩画的表面。刘巍仿佛再次触摸到女孩儿凉而软的皮肤，他甚至感到画纸瑟缩了一下。关于女孩儿嗅觉的记忆铺天盖地地袭来，那一次次在她身上捕捉到的味道重逢、相聚，并且生长，变得如此浓稠丰富，就像是流淌着香料的河流。刘巍像一个干渴至极的可怜的旅人，趴在河边一口口贪婪地汲取源泉。

他感到自己的眼眶里涌出了泪水。

小张回来的时候太阳已经下山了，按摩院门口的狗不知所踪。空气中是各家炒菜的香气，在铁锅上炸裂的油的味道让人异常安心——无论如何，日子总要过下去。

她进了按摩院，刘巍正在摸索着往外走。

“刘师傅，明天见。”

“明天我不来了。”刘巍说。

“你要请假？”

“不，我要去美国。”刘巍说。

林满说女孩儿去了美国学电影，到底去了什么地方他也不清楚。

刘巍要去美国找她，循着她的香气，在得克萨斯的高山沙漠中寻找，在加利福尼亚的海滩上寻找，在洛杉矶寻找，在纽约寻找，在布鲁克林桥上涌起泛滥的河水味道中寻找，在人潮拥挤出来的汗液和街头的小便味道中寻找，在炸薯条、葡萄酒、奶油的诱人味道中寻找。